縁結びカツサンド

冬森灯

ポプラ文庫

縁結びカツサンド

冬森灯

一筆啓上仕候

和久様

古今東西、ひとかどの人物ってのは、てえしたことを言いなさるもんだ。あんまり感心しちまったから、お前さんにも教えてやろうと思ったが、同じ家に住んでいるってのになかなか話す時間もない。俺もいい年になってきて、いつ忘れるか、いつ思い出すかもわからねえから、こうやって書いておくことにした。

「人類のもっとも偉大な思考は意志をパンに変えること」

ドストエフスキーとかいうロシアのおひとの言葉だそうだ。商売は知らねえが、これだけのことを自信たっぷりに言えるたあ、きっとてえしたパン屋だったんだろうと思う。

俺はロシアのパンてのは食ったことがねえが、こういう心がけの職人が手がけたパンなら、創意工夫に満ちた素晴らしいパンなんだろう、ぜひとも食ってみたかった。俺もそういうパン屋でありたいし、そういう気概のあるパン屋がどんどん出てくりゃいいと思ってる。

パン生地の機嫌がわかってはじめて一人前というが、粉みたいにちっちゃくてぱらぱらしたもんが、手をかけてやると、ふくふくに大きく膨らんで、あんなにうまいもんになるのはいまだに不思議なもんだ。同じ材料で同じように作ってるのに、俺のパンと、お前さんの親父が作るパンがちょっとずつ違うってのも、面白い。

目は口ほどにものを言うらしいが、手はそれ以上に語るもんがあるんじゃねえだろうか。だから、うまく言葉にできねえことも、ただ黙って作ったもんを食えば、通じるんだろうと思う。いつか、お前さんのパンを食ってみてえものだ。

人生ってやつにはいろんな波がある。うまく乗りこなすのも才覚だが、そんなにいい波ばっかり来るわけじゃねえ。日本人はノーと言えないとよく言うが、言えないんじゃなくて、言わねえんじゃないだろうか。それは弱さじゃなくて、強さだ。できねえと突っぱねるのはたぶん簡単だ。だが、最後の最後まで可能性にかけてみるその心意気ってのが立派だと俺は思う。それでだめならやめりゃいい。食わず嫌いはいただけねえが、食ったうえで嫌うのは大いにやればいい。

俺はガキん時から鬼八って呼ばれたまんまこんなじじいになっちまったが、振り返ってみればいっぱしに店を構えられたのは、食わず嫌いしなかったせいだと思う。食材も物事もハナから否定しなかった。

(思い出したからついでに言っとくが、お前さんが冷蔵庫に入れてた、ほあぐらと

かいうのを食ったのは俺だ。あんときゃシラを切ったが、謹んで謝っておく）

いつだったか、お前さんに店の名前の由来はなんだと聞かれたことがあった。洟たれ坊主の頃だ、覚えちゃいねえかもしれねえが、子どもってのはまっすぐなもんだと驚いた。

お前さんも知ってるだろうが、俺の信条は「パン生地と女子どもには誠実に」だ。それまで誰に聞かれても照れくさくてはぐらかしてきたが、お前さんには真正面から向き合って答えた。そこには、俺がいっちばん大切にしてるもんを込めたんだと。

もしかしたら、お前さんには、いつかそれがわかるのかもしれねえ。腹割って話す時間もねえが、仕事に出てく背中を見てると、そう思う時がある。

近頃のお前さんはなんだか、悩んでるようにも見える。

俺の嫌いな言葉は、お前さんも知ってのとおり、「ノー」だ。否定するとすべての道が閉ざされる。解決策が見つかるはずのことも見えなくなっちまう。

とくに、自分を否定しちゃいけねえよ。自分を信じて、一歩を踏み出すのが大事だ。その積み重ねがいつか、お前さん自身を作るんだろう。

店は継ぐも継がぬも自由。

縛るつもりはねえから、お前さんはお前さんの信じる道を行ったらいい。
ほあぐらでもいい。
(どうやって食うもんか知らねえが、焼いたらうまかった)

こういうことは面と向かって言うのも照れくせえもんだが、こうして書いても
やっぱりこっぱずかしくなってきたから、隠しとくことにする。
ひょっとして、俺の目が黒いうちに見つからなかったりしてな。まあ、そんときゃ
そん時だ。お天道様に任せて、届くべき時にお前さんに届くよう祈っとく。
本当なら、この手紙に、小切手だの札束だの添えておきゃ、格好もつくんだろう
けどよ。
たっぷりあんのは心意気だけだ。悪く思うなよ。

平成××年八月吉日　音羽 喜八　拝

――その手紙は一年以上過ぎた今も、見つけられていない。

第一話

まごころドーナツ

1

通行人もまだ少ない木曜夕方のオフィス街に、機関銃のような足音がこだまする。私のヒールが立てている音だ。

定時になった瞬間、職場を飛び出した。頬をかすめる風の冷たさに秋の深まりを感じる。鞄を握る手にぎゅっと力を込め、スマホを耳に当てて、ひたすらに駅を目指す。

吉報を、一刻も早く秀明(ひであき)に伝えたかった。

きっと同じように喜ぶに違いない。すぐに待ち合わせて出かけることになるかもしれない。そう信じてかける電話は、繰り返す呼び出し音さえもどかしかった。コールが途切れた瞬間、早口に用件を伝えて、歓喜の声をわくわくと待つ。

なのに、聞こえるのはホワイトノイズばかり。通信状態を確かめようとした時、耳に届いた予想外の声音(こわね)に、ぴたりと足が止まった。

《少し、考えさせて》

いつもより硬く感じる声は、理由を聞いても教えてくれず、待ってほしいの一点張り。

頭の中が疑問符で埋め尽くされ、呆然とその場に立ち尽くした。秀明がためらう要素なんてあったろうかと、必死に先週土曜日の様子を思い返した。

＊

周囲を深い緑に囲まれた白亜の邸宅は、二段重ねのデコレーションケーキに似ていた。

外壁には生クリームの飾りみたいなバラの浮彫が施され、一階より二階が小さいところもそっくりだった。あちこちから聞こえてくる小鳥のさえずりに、ここが都会の真ん中だということも忘れて、甘い夢の中に足を踏み入れた。

一日に一組だけ心を込めてもてなすというゲストハウス風結婚式場は、ＳＮＳでの人気も高く、式場見学会には大勢のゲストが詰めかけていた。案内された大広間にはハーバル系の香りが漂い、壁や天井を飾る花々の浮彫がほどよくエレガントで、ときめいた。テーブルセッティングは上品な白と淡いブルー。ウェルカムカードに添えられた、いちごミルク色のアーモンド・ドラジェもかわいらしかった。スタッフも学生アルバイトではなく、もてなしのプロフェッショナルばかり。ゲストの一人一人にきめ細かに応対し、居心地のよさを作り出し、雰囲気がすこぶるよかった。

評判が高いだけあるねと囁(ささや)くと、かちんこちんに固まっている秀明はいつになく上の空で、ぎこちなく首を上下させた。

人生の節目になる大切な日だから、できるだけこだわりたい。

そう二人で話して、見つけた式場だった。もっとも、秀明は私の提案に首を縦か横に振るだけで、料理がおいしければそれでいいと言う。

一歩足を踏み入れた瞬間からここだという直感があった。あえて言えば駅から遠いけれど、シャトルバスが出るというから難点に数えるほどでもない。

模擬結婚式がはじまるとあちこちからささめく声が聞こえた。

キャンドルの光に照らされて、サテンのウエディングドレスには、動くたびに艶やかな光沢が揺らめいた。やがて会場全体がしんと静まり返り、誓いの言葉が交わされ、用意された指輪に、スポットライトが当たった。

厳(おごそ)かな雰囲気の中、二人はゆっくりと指輪を手にとり、互いの指につける。輝く笑顔の横にかざされた指輪が、照明を反射してきらりと光る。二人を盛大な拍手が包み込む。

その姿は、いつかこの場所に立つかもしれない私たちの姿に脳内で変換され、シャンパングラスを握りしめたままうっとりと見惚(みと)れた。お色直しのカラードレスや和装の衣裳紹介の間もずっと私はフォークとナイフを握りしめたまま、オマール海老に手をつけるのも忘れて、空想に浸った。

式のためにと伸ばした髪はもうすぐ腰まで届く。和装でも洋装でも自分の髪で結い上げられるよう、長いこと手入れには気を遣ってきた。衣裳は髪型は、と思いめぐらしている間に時は過ぎ、秀明に、おいしいから食べなよ、と小突かれなければ、あのままデザートタイムさえ終了していたかもしれない。

夢見心地は、予約の段になると儚く消えた。挙式予約は先々まで埋まっていて、いい日取りを選びたいのなら一年半以降の見込み。それでもいいという秀明と、一年以内でなるべく早くを希望する私の意見は割れて、ウエディングプランナーさんの提案するキャンセル待ちにひとまず登録することで落ち着いた。仮予約になっている日にちにキャンセルが出れば、私たちに順番が回ってくるという。一年以内で仮予約になっているのは唯一、来年九月頭の日曜日のみ。仏滅のためらしい。その日に登録し、会場を後にしたのだった。

「一年半後でも別にいいのに。仏滅って式挙げてもいいのかな」

駅に着くなり入ったカフェで、秀明はアイスコーヒーを一気に飲み干し、ため息と一緒に吐き出した。今は気にしないひとも多いと、プランナーさんは言っていた。

しきりに汗を拭うのは、かなり緊張していたかららしかった。秀明はもともと、はじめてのひとと会うことも、ひとがたくさん集まる場所もあまり得意ではない。ランチのお店も、席数の少なさで選ぶくらいだ。

私はおろしていた髪をシュシュで束ねて、熱いカプチーノをちびちびと口に含んだ。

「私は、早ければ早いほどいい。登録の日も誕生日のギリギリ一週間前だし」

三十か、と呟く秀明を、まだ一年近くあると軽く睨みつける。

「理央は転勤になるんだっけ」

「そう、キャリアパスの変わり目なの。三十過ぎの未婚総合職は、男女関係なく地方に飛ばされるの。ステップアップのための武者修行だけど、せっかく遠距離の転勤が少ないから地方銀行に入ったのに」

知らない場所での新しい生活って楽しそうだけど、と呑気な秀明に、言うほど楽なものじゃないと釘をさし、遠距離恋愛はきっと無理だし、とつけ加えた。

「あんまり会えないのも、連絡がなかなかつかないのも、耐えられないと思う」

そういうものかなと曖昧に呟く秀明は、残った氷をストローでガチャガチャかき混ぜ、私の手元に目を留めた。

「そういえば最近、指輪してないね」

咄嗟に左手薬指を庇うように右手を重ねた。誕生石のサファイアが埋め込まれたシンプルな婚約指輪は、そこにはない。

「なくしたら大変でしょ、大事にしまってるの」

気を悪くしたかと一瞬心配したものの、ふうん、と気のなさそうな返事に安堵した。

「母さんが、また理央を連れてこいって」

秀明は実家暮らしで、何度か家にもお邪魔したことがある。ご両親も、大学院生の弟くんも同じ顔で、みんな笑うと目が弓なりに細くなった。秀明のママはずっと娘が欲しかったと私をかわいがってくれ、婚約指輪を選ぶ時にも、普段も使いやすいデザインについて助言してくれた。

「それはありがたいけど、まずは式場をなんとかしないと」

そうして料理やドレスについて、あれこれと語り合ったのだった。

＊

秀明が気にする要素なんて、ひとつも思い出せなかった。

一段と力を込めて、電話の向こうに語りかける。

「いい話だよ。八月の土曜日、しかも大安なんだよ？」

本契約にキャンセルが出たという。見学会で相談に乗ってくれたウエディングプランナーさんが、私が一年以内にこだわっていたのを覚えていて、仮予約にしておくから検討してはどうかと連絡をくれたのだ。

大安なら、両親はもちろん、職場や親戚の口うるさいひとだって文句のつけようがない吉日だ。本契約のキャンセルはなかなかないことらしく、プランナーさんもラッキーですよと興奮気味に推していた。

《せめて仮予約にしてもらって》

やる気の感じられない返答のせいで、奥歯に力がこもった。

即答で本契約を結びたいのをぐっと堪え、秀明と喜び合いながら本契約の段取りをつけようと、連絡したというのに。

血ののぼる頭を軽く横に振り、目を閉じて、頭の中の人事部虎の巻を思い浮かべる。

これまで仕事で蓄えた知識や経験、聞きかじりが、こういう時に案外役に立つ。ストレスというのは、悪い時ばかりではなく、よい時にもかかるものなのだという。昇進うつやマリッジ・ブルーがいい例らしい。もしかしたら秀明は、男のひとのマリッジ・ブルーなのだろうか。だとしても、人生の大舞台なのだし、お互い後悔を残さずに事を進めたい。

大きく息を吸い、つとめて冷静に返事をした。

「もう仮予約にはなってる。期限は一週間だって。それまでに本契約の手続きに行かないと。考えておいてね」

電話を切っても、もやもやした思いが胸中を漂った。あの式場に熱を上げているのは私の方だけれど、秀明だって料理がおいしいと気に入っていたはずだ。納得いかないことがあるなら、言ってくれればいいのに。

秀明はいつも言葉数が少なくて、本心がどこにあるのか、よく見えない時がある。

山手線(やまのてせん)の窓の外には、昼とは顔つきを変えた街が続いている。

近郊の街へひとびとを運ぶ中長距離路線と違って、都心の環状線(かんじょうせん)の夜は、どこも明るい。宇宙から見た夜の東京(とうきょう)は、真ん中が暗闇なのだそうだ。皇居(こうきょ)をとりまく静かな森を、あかりに満ちた街がとり囲んでいるという。

この明るさにまだ少しだけ違和感がある。ほんの二か月前まで慣れ親しんでいた横浜(よこはま)郊外までの窓の外は、駅の周辺だけが明るく、他は暗かった。

結婚が決まったのを、ママは手を叩いて喜んだ。

女性らしさなんてたいして意識せずに育てられてきたのに、秀明が結婚の挨拶に来て以来がらりと方針が変わって、一人暮らしを命じられた。

自分のことすらきちんと面倒を見られない私に秀明のお世話はつとまらないと、やけにはりきって、パパの異議も一切受けつけず、即刻実家退去を申し渡してきた。受験の時も就職の時も、ここまで熱の入った様子は見たことがなくて、本領を発揮したママの、炎でも背負っているかのような迫力に、私は頷くしかなかった。

たしかにこれまで一人っ子の境遇に甘えて家のことは全部ママに頼りっぱなし。料理は気まぐれにパスタを茹でる程度だし、掃除と洗濯はロボット掃除機やドラム式洗濯乾燥機のボタンを押すだけが私の家事経験だった。秀明も実家暮らしだから、結婚後の生活力は私のちゃちな双肩にかかっていると言っても過言ではなくて、ママはなんとか家事力を植えつけねばと血眼になった。土日の短期集中スパルタ式家事特訓ののち横浜の実家を追い出されて、何から何まで自分の手で生活を形作っていかざるを得なくなった。

駅のホームに滑り込む電車の窓に、商店街のアーチがゆっくりと近づいてくる。

駒込うらら商店街。

この街に住んでみようかと思ったのは、この商店街の存在が大きかった。

住宅情報誌をやみくもにめくる私の横で、秀明は乗り換え検索アプリを駆使して、職場と秀明の家へのアクセスがいい、いくつかの候補を挙げてくれた。実際に足を運んでみて、この鼻歌の似合いそうな街並みが、すっかり気に入ってしまったのだ。

改札を抜け、今や「家までのいつもの道」となった、商店街のアーチをくぐる。

軒を連ねるのは、お蕎麦屋さん、漢方薬局、呉服屋さん、時計屋さん、眼鏡屋さんに中華料理屋さん。今の時間はどこもシャッターが下りているけれど、昼間なら、豆腐屋さんから漂う大豆の香りや、喫茶店から漏れてくるコーヒー豆の香ばしさに誘われて、つい寄り道をしてしまう。小さな商店がひしめき合う街並みは「昔ながら」という表現がぴったりで、履物屋さんでは気さくなおじさんがカラフルなサンダルを見立ててくれたり、マッチョな肉屋さんが揚げたてのコロッケをすすめてくれたりなど、ちょっとした会話や雰囲気もあたたかい。

とりわけ、決め手になったのは、パン屋さん。
商店街の中ほどの四つ角に佇むその店から、今日もあたたかい光がこぼれている。

ベージュ色のレトロな二階建ての一階部分に作られた、小さなお店。商店街のメインストリートに向いた自動ドアと、路地に面した大きなガラス窓から中が見えて、窓に沿って据えられた二段の棚にパンが並ぶ。

あんぱん、クリームパン、チョココロネ。どこかなつかしい顔つきのパンばかり。窓に白く浮かんだ「コテン」の文字は手書き風で、ぽってりと丸いパンの形にそっくりだ。

その全体に丸みを帯びた雰囲気に、尖った気持ちも丸くなるようだ。自動ドアがぜいぜい言いながら開いて、ふわっと甘い空気に包まれる瞬間がまた、たまらない。

六畳ほどのこぢんまりした空間の中央には陳列棚がでんと構えている。飴色になった木の床がそのまわりだけ白っぽく削れているのは、長い間お客さんたちに愛されてきた証拠だろう。白い帯は店の奥の、使い古されて角の丸くなったレジ机に行きつく。その端にちょこんと置かれたクラシックなコーヒーミルも、壁に飾られた古い新聞の切り抜きも、すべてがセピア色の空気をまとって、やさしくそこに佇んでいる。

レジ机の奥は厨房になっていて、仕込みを進める姿が見えた。白い調理服に身を包んだ年配の男のひとは、店のご主人。ご主人がパンを焼き、奥さんが店番をしているのが、越してきた頃のこの店の風景だった。

　そこにデニム地のエプロンと紺色のバンダナ姿の若者が加わったのが一か月ほど前のこと。最初はアルバイトかと思っていたけれど、ご主人と目元がよく似ていて、親子とわかった。両親の方は棚に並ぶパンたちによく似たふくよかな体型なのに、息子の方はひょろひょろと細く背も高く、あんぱんやクリームパンの中にただひとつ放り込まれたバゲットみたいに、違和感を放っていた。もっともその違和感は、見た目からだけでなく、彼の、微妙な接客態度からも醸し出されていた。

　時間をかけて選び抜いたパンをトレイごとレジ机に載せると、息子くんの方がやってきて、いつもどうも、と頭を下げる。顔とともにその視線も徐々に上がるものの、いつも私の喉元あたりで止まる。

　そうやって伏し目がちになると、長いまつ毛が切れ長の目に翳を作って、細面の整った顔立ちが引きたつ。すっきり通った鼻筋も結ばれた薄い唇も、そのままなら凛とした印象なのに、頼りなさそうに感じるのは、背中が丸まって、しょぼんと見えるからだ。この間は、履物屋のおじさんが代金はツケといてと言って棚のあんぱんにいきなりかぶりつくのを、おろおろするばかりで咎めることもなかった。少なくとも、接客に向くタイプじゃない。もしも彼がうちの行員だったら、新人研修で真っ先に指導が入るタイプ。いや、それ以前に、採用すらされていないかもしれない。

それに、どういうわけか私が会計をする時に限って、表情が曇るような気がする。

また、トレイを見つめる息子くんの表情が曇ったような気がして、たまらず尋ねた。

「あの、なにか？」

「あ、いえ」

あんぱんとくるみぱん、スライスされたぶどうぱん。なにか問題があるようには見えない。

真ん中が小高く盛り上がったあんぱんは、見るからにあんこがぎっしり詰まっていそうだし、くるみぱんの表面には砕かれたくるみが顔をのぞかせ、ぶどうぱんの断面には、緑と紫の干しぶどうが踊るように並んでいる。コテンのパンはどれもおいしそうで、できることなら全部を食べてみたいけれど、胃袋の容量からするとがんばっても二、三個が限度。選び出すのは毎回至難の業なのだ。

息子くんがまた一瞬、首をひねったのを私は見逃さなかった。どうしても気になってしつこく問いただすと、彼はようやく口を割った。

「どうしてわかるのかと、不思議で」

私が選んだパンは、どれもお店のご主人が焼いたパンなのだという。

「わかるもなにも、私、ただ自分が食べたい気分のパンを選んだだけです」

「そこなんです。それが知りたいんです」

彼は眉間にぎゅっと力を込めて、パンを見つめた。

「見た目が違うのか、香りが違うのか。職人の経験値がプリントされてるわけでもないのに、俺の作ったパンと父のパンは、売れ行きが違うんです」

彼は壁に飾られた額縁に目を走らせた。

中には、うす茶色に変色した新聞の切り抜きが収められていて、粗い写真にはこの店の前に立つ若夫婦が写っていた。

「うちの店、去年亡くなったじいちゃんが、あんぱんひとつから始めたんです。よく言ってました。同じ材料で同じように作っても、作り手によってちょっとずつ違うって」

新聞の日付は昭和三十五年。そこから引き継がれてきたのは、店と味ばかりで、明文化されたレシピなどはないのだという。店の中を見渡してみると、たしかに残っているパンの個数には偏りがあるようにも思えた。

「まだまだってことなんですよね。自分のパンを焼くには」

そう自己完結してがっくりと肩を落とす。

お店に商品として並べている以上、店のご主人が納得する品質にはなっているのだろうし、ぱっと見ても、素人目には違いなんてわからない。

「きっと偶然ですよ。食べたいパンって日によっても変わるし、私もいつも同じパンを選ぶわけじゃないですし」

「いつもなんです」

「え？」

　息子くんは、私の喉元をじっと見つめる。

「あなた、ええと」

「理央です、段田理央。でも名字は近々変わる予定なの。下の名前で呼んでください」

「それはおめでとうございます！」

　と声を弾ませてから息子くんは表情を硬くし、「で、いいんですか？」とおずおず尋ねてきた。

　考えてみれば、名字が変わる状況には二通りある。結婚と聞き胸を撫で下ろした律義さが、どこか秀明とも重なって、親しみを感じた。私と同じ二十九だと聞いてさらに親近感を覚えたのは、見知ったひとのいない街に住んでいるせいもあるかもしれない。

　彼は、この店の三代目にあたるそうで、音羽和久と名乗った。

三代目と呼ぶと、まだ見習いみたいなものだと恐縮した。店を継ぐかどうかもわからないという。姿勢を正して私に向き合う三代目の視線は、やっぱり喉から上には上がらない。

「理央さん、あなた、いつも父のパンを選ぶんです。日によって担当するパンが変わっているのに、必ず」

見る「目」を持っているに違いない、と三代目は主張するものの、なにが違うのか問われても、ただ直感で選んでいる私にわかるはずもなく、二人して考え込んでしまった。

「あなたに見えてるものがわかればと思ったんですが」

「残念ながら、お悩み解決の役には立てなそう」

「きっと、技術だけじゃないなにかが、違っているんでしょうね」

三代目はそう呟いて視線を落とし、生まれたばかりの赤ちゃんに触れるような手つきで、パンをひとつひとつ袋に詰めた。

「最終的に選んだのがあなたのパンじゃなくても、いつもすごく迷います。だから仮に足らないところがあるとしても、あとちょっとなのかも。ちなみに今日あなたが焼いたパンは？」

三代目はパン棚の一角を指さした。その先を見て、私は笑い出してしまった。

「悪いけれど、一人暮らしで食パン一斤は買えません」

「そうなんですか？」

「だって、食べきれないもの」

思いもよらなかったと言いながら三代目は、レジ机を抜け、食パンを一斤抱えて戻った。

「シンプルなものほど個性が出るものですよ。うちのパンの味っていったら、これです」

パンをスライスする指先の、しなやかで洗練された仕草には、パンへの敬意がほとばしって見えた。

「そのまま食べるのはもちろん、トーストもいいですし、サンドイッチにもできますし」

ふと気づいて、店内を見回してみる。

「そういえばこのお店、サンドイッチがないんですね」

棚のパンにも、レジの前に並べられた売り切れ商品のプライスカードにも、サンドイッチは見当たらない。

「ああ、それは、じいちゃんの考えなんです。パン屋はパンを売るんだ、中身をとっかえひっかえして同じパンを出せるか、って」

「根っからの職人さんだったんですね」

「ええ、たいそうな頑固者で。そういうパンはご家庭で作るのがいいって。そうやって、ご家庭の味ができていくんだからと」

三代目は、スライスされた食パンを一枚、お味見にと言い添えて袋に入れてくれた。最後まで視線は交わらなかった。

店を出ると、針金みたいに細い月が夜空に浮かんでいた。

「家庭の味、かあ……」

秀明と築くはずの家庭の味がどんなものになるのか、今はうまく思い描けなかった。

それ以前に、結婚式はどうなるのか。

薄い雲がゆっくりとたなびいて月を覆い隠していく。

2

こんなにおいしそうにごはんを食べるひとがいるんだ。

秀明に興味を持ったきっかけは、その印象だった。

長い人生、ずっと向き合って食事をしていくなら、こういうひとと一緒がいいと、あの時直感した。

秀明に出逢ったのは、私が異動前、まだ支店の渉外係(しょうがい)だった頃だ。

担当していたシステム開発会社での打ち合わせ中、真新しいスーツに身を包んだ彼が、慣れぬ手つきでコーヒーを出してくれたのが、私たちの最初の出逢いだった。

コーヒーカップをカタカタ震わせながら、能か狂言のように中腰でそろりそろりと現れた彼は、スローモーションで私の前にカップを置いた。

今年新卒で入った浅野ですと紹介された彼は、スーツのポケットをあさり、深々と頭を下げながら、私に、なぜだか小袋入りのドーナツを差し出した。戸惑いながら受けとると、顔を上げてようやく間違いに気づいたらしく、緊張しててすみません、と真っ赤な顔で今度こそ名刺ケースを取り出し、その中身を床一面にぶちまけた。ドーナツを返そうとすると、コーヒーとドーナツはよく合いますから、ときっぱり断って、右手右足を一緒に出しながら去っていった。

次に訪問した時には彼はもう新人研修を終えていて、再会したのは半年後。訪問後に入った定食屋で、偶然相席になった時だった。

ドーナツの、と話しかけるとすぐに思い出したらしく、頬を赤らめて折り目正しく頭を下げた。あれは彼の個人的なおやつだったそうだ。あのおかげでいつもより和やかに打ち合わせが進んだと礼を言うと、はにかんだ笑顔を見せた。笑うと目が弓なりに細くなった。新卒とはいえ大学院卒の彼は、実際には私よりも年上で、私がメニューから鮭の親子丼を注文すると、僕もそれです、と頷いたきり、黙った。

緊張していると見えて、彼はしきりにまばたきをした。それは私にも伝染して、向かい合った私たちは無言のまま、まるで試合みたいにまばたきを交わし合った。

食事が運ばれてきて、ほっとしたのも束の間、私は秀明の様子に目を奪われた。
秀明は実においしそうにごはんを食べた。
鮭の炊き込みごはんの上にイクラを散らした親子丼はたしかにおいしかったけれど、あまりにもうれしそうに箸を運ぶ秀明の姿に、つい自分の箸を動かすのを忘れた。

　こんなにおいしそうにごはんを食べるひとは、見たことがなかった。

　一緒に食事をすると、相手のいろんなところが見える。味の好みや、好き嫌い、好物を先に食べるのか残すのか。性格や、それまで歩いてきたそのひとの日々が透けて見える。

　秀明の気持ちのよい食べっぷりは、同じ食事をよりおいしく感じさせてくれた。好奇心から、近隣のランチでどんなお店に行くのか尋ねると、いくつかの店を挙げたのち、よかったら案内しますと名刺の裏に個人的な連絡先を書きつけて渡してくれた。厚意に甘えて訪問のたびに昼ごはんを一緒に食べた。

　秀明が連れていってくれるお店はどこもこぢんまりしていて、すこぶるおいしかった。席数が少ない分、目が行き届いて客の反応をよく見ているから、おいしいものが作られるのだというのが、秀明の持論だった。普段からあまりしゃべらず、食事が運ばれてくると語彙（ごい）はほぼおいしいの一言に集約されたけれど、どんな料理でも、見ているこちらまで胸が躍るほど、おいしそうに食べた。

人事部への異動が決まり、今までの感謝を伝えた最後の食事の席で、金目鯛みたいに真っ赤になった秀明から、つきあいませんかと持ちかけられた。

それから二人でいろんな料理を一緒に食べに出かけた。秀明には基本的に好き嫌いはなくて、食べられないものは、パクチーくらい。

事前にそう伝えておいたのに、秀明が実家に結婚の挨拶に来た日、食卓には山のようにパクチーが積み上げられていた。

この日のためにハーブ料理講座に行ったとママは大はりきりで、ハーブ農家からわざわざ取り寄せたというフレッシュハーブを自慢した。心配になって、パクチーは無理だと繰り返しても、ママは大丈夫だと請け合う。

「でも、この緑の葉っぱ」

「大丈夫。これは、コリアンダーよ」

魔法のハーブって言われるくらい体にいいのよと、トムヤム鍋にごっそりコリアンダーを放り込み、エビとコリアンダーが透けて見える生春巻きや、きくらげや挽肉などの具材がすべてコリアンダーに覆われた春雨サラダを本格的だと自慢げに並べ、締めの一品として、海南チキンライスにたっぷりのコリアンダーを盛りつけた。

ママは、コリアンダーの別名が、パクチーや香菜であることを、本当に知らないらしかった。

訂正せねばと口を開きかける私を制して、秀明は静かに箸をとった。いただきます、と挨拶するなり、いつもの惚れ惚れするような食べっぷりで、山盛りのパクチーをこともなげに平らげ、おいしいですコリアンダー、と笑顔を見せた。

ママが秀明を気に入ったのはもちろん、ママが中座した隙に真実を知ったパパも秀明の気概に惚れ込んで、すんなりと結婚の承諾を得ることができた。

帰り道、暗に結婚を認めないと言われてるのかと思って焦った、と白状した秀明は、ちょっときつかったと頭を掻きながら、あのはにかんだ笑みを浮かべた。私のためにがんばってくれた気持ちを思うと、泣きそうになった。

胸に顔をうずめながら、このひとに出逢えてよかったと、心から思った。

秀明は相手を尊重するけれど、自分の意見はしっかりと持っていて、そういうところは頑固なまでに譲らない。友人たちとのバーベキューの予定が台風接近予報と重なると、かたくなに反対して中止に持ち込んだし、たとえ台風が逸れて晴れたとしても、一度決めたことは翻（ひるがえ）さなかった。

それに困っているひとを見ると放っておけない性分でもある。迷子になったどこかのおじいちゃんを家まで送り届け、約束にひどく遅れて来たこともあった。結果的に私は待ちぼうけをくったものの、あそこで見て見ぬふりをするようなひとなら、結婚しようとまでは思わなかったかもしれない。

なにかがあっても、このひとと一緒ならやっていけるだろうと思わせてくれたのは、秀明の言葉というよりも、ひとつひとつの行動だった。普段から言葉にしてくれることが少ないから、なにを考えているのかよくわからないこともあるけれど、誠実な人柄は誰よりもよく理解しているつもりだ。

でも、今回に限っては、言葉にしてくれないのが、辛かった。

結婚式を延期しようとする理由は、想像がつかない。

仮予約の期日が明日に迫っても、秀明は、できる限り待ってほしい、可能ならなるべく延ばしてほしいと言って、早々に電話を切ってしまった。

つきあって以来はじめての大きなすれ違いに、私はひどく困惑していた。

＊

お出かけ日和とばかりに晴れ上がった空を見上げても、気持ちはちっとも晴れない。

結局、式場には無理をお願いして、仮予約をあと一週間延ばしてもらった。一旦キャンセルすることも考えたけれど、きっと瞬時に予約が埋まってしまうに違いない。どうしても諦めきれず、両家で調整をしているからもう少し待ってほしいと、必死に頼み込んだ。

本当なら今頃、本契約していたかもしれないと思うと、ため息ばかりがこぼれた。

「辛気くさい顔してないでちゃんとお祈りしなさいって」

眉を吊り上げる恵利佳の横で、のろのろと頭を下げる。二礼二拍手一礼。朝から呪文のように呟かれ続けて、耳に刻まれてしまった。

恵利佳とは初配属された支店からのつきあいで、お局からの強い風当たりも昇進試験も恋愛も一緒に乗り越えてきた戦友みたいなものだ。神社めぐりに凝ってると聞いてはいたものの、恵利佳の所属するM&A推進部署は私のいる人事部よりも忙しく、参拝どころか、こうして一緒に出かけるのもずいぶんと久しぶりのことだった。

恵利佳おすすめの東京大神宮は、東京のお伊勢さまとして知られ、縁結びにご利益があると評判の神社だそうだ。参拝客も若い女性が多く、種類豊富でかわいらしいデザインのお守りがたくさん並んでいた。

神社なんて初詣以来だったけれど、空気が清々しくて、踏みしめる玉砂利の音も心地好く、木漏れ日がやさしく降り注いでいた。参拝を終えると、恵利佳は私を休憩処に誘い、茶屋のお茶と赤福をご馳走してくれた。夢中で気づかなかったものの、腰を下ろすと、思いの外、足が疲れていた。

出社時間みたいな早朝の待ち合わせでまず連れていかれた先は、羽田空港の近くにある商売繁盛にご利益があるという神社。そこでお守りを受けて神楽坂に向かい、今日オープンする和菓子屋さんの行列に並んだ。山ほど買い物したのち店主にお守りを手渡すと、恵利佳は朗らかな笑顔で、ここへ連れてきてくれたのだった。まだ昼というのが信じられないくらい、濃厚な時間を過ごした気がした。

「あのお店、担当したお客さんでさ。今度はうまくいってほしいんだよね」

　恵利佳のお客さんということは、合併や買収などを経験したのだろう。近頃は中小企業のＭ＆Ａも多くて、後継者不足や事業承継のためというケースが年々増加しているという。スタイリッシュな和菓子屋さんだった。色とりどりの宝石のような琥珀糖に、絵みたいな錦玉羹、マロンペースト入りのモンブラン最中。和菓子と洋菓子を組み合わせたようなきれいなお菓子を求めて、次々にお客さんが訪れていた。その様子を、恵利佳は店主と一緒になって喜んでいた。

「恵利佳は面倒見がいいよね」

　今日だって、予定がぽっかり空いた私をこうして連れ出してくれている。

　昨日、式場への連絡を終えたあと、急に心細くなって、用もなく恵利佳に連絡した。元気？　というただ一言のメッセージになにかを察したらしく、誘ってくれたのだった。一人で家にこもっているとどうしても沈んでしまうから、ありがたかった。

　一緒にほおばる赤福は、しみじみと甘く、やわらかい。

恵利佳は、お守りのことだと思ったのか、大きく伸びをして呟いた。

「どうしようもない時ほど、目に見えない力を借りなくちゃね」

どうしようもない時こそ自分を信じなくちゃいけないのに、なかなかそうもできないから。神様仏様から見えない力をお借りして、自分は守られてるから大丈夫って信じるための力にするんだよ、と噛んで含めるように教えてくれる。

それは恵利佳自身が経験してきたからこそ言えることなのだろう。二年前、わずか半年の結婚生活に終止符を打ってから、恵利佳は変わった。誰かのために、と行動することが多くなったし、今日のように、周囲に気を配ることもずっと増えた。それは、趣味になった神社めぐりのおかげだと恵利佳は言う。祈るだけでなにかが変わるなんて、私には思えない。恵利佳自身が辛い出来事を経て、ひととして成長したから、他の誰かのためにと行動を起こせるようになったのだろう。

そう話すと、恵利佳は鼻で笑って切り捨てた。

「誰かのためじゃないの。全部自分のためだよ」

「でも今日の和菓子屋さんだって、もうかかわってないでしょう？　M＆Aが終わったらどこかの支店に引き継いでるよね。仕事上のコミュニケーションが円滑になるとか、なにかメリットがあるわけじゃないのに」

「情けはひとのためならずって言うでしょ。結局どこかで私にめぐりめぐってくるから」

理央もやったらいいよ、と恵利佳は熱心にすすめてきた。

「昔話にもあるでしょ、雪に埋もれたお地蔵さんに傘をかぶせてあげるとか、傷ついた動物に親切にするとか。ああいうことだけじゃなく些細なことでもいいの。お裾分けもいいよ。お福分けって言うじゃない、簡単にできるし」

「お福分け、ねえ」

職場で旅行土産のお菓子を配ったことはあっても、福を分けるなんて気持ちでしたことはない。どちらかというと義理や義務に近かった。

今は善行の積み上げ時だよ、と恵利佳は力説する。

「神無月（かんなづき）だし。神様たちが出雲（いずも）に出かけて、ここからの一年、誰と誰の縁を結ぶか決める会議を開くんだよ」

今度こそ切れない縁が欲しいからね、と恵利佳は顔の前で拳を握りしめる。あまりの力説ぶりに口元をほころばせると、恵利佳は、やっと笑ったと静かに息を吐き出した。

「それで、思い当たる節は？　式場の件」

ここ、縁結びの神社に連れてきてくれたのは、それを気にしてのことらしかった。結ばれるべき縁が結ばれるようにと、私のために祈ってくれたと聞き、目頭が熱くなる。

「全然ないよ。マリッジ・ブルーなのかな。式場には文句ないし、親が反対してるわけでもないし、日取りもいい」

「別の式場にすれば？」

「あの式場がいいの。雰囲気と料理とサービス、どれかがいい式場はあっても、全部いいのは今のところあそこだけなんだもの。安くはないお金を払うんだし」

　しばしの沈黙ののち、恵利佳は、女じゃないの、と疑った。

「それはないよ、真面目なひとだし」

　だから危ないんだよ、と恵利佳は腕を組んだ。

「真面目なひとほど、浮気じゃなく本気になる。やさしいひとって相手の気持ち考えすぎて抱え込むから厄介だよ。最初はそんなつもりなくてもどんどん深みにはまってくから」

　否定したいのに、絶対にないと言いきる自信はなかった。秀明がちゃんと理由を言葉にしてくれていたらと体が強張っていく。信じる気持ちに小さなほころびができ、そこから不安が煙のように立ち上っていく気がした。

　恵利佳はどこぞの名探偵のように、目をすがめる。

「で、理央の方こそ、本当の理由はなんなの？　結婚式をそこまで早く挙げたい理由」

「それは……」

　視線が私のお腹のあたりを泳ぐのを見て、慌てて打ち消す。

「違うよ、子どもとかじゃなくて」

「ならなんでよ。人事制度の三十の壁なんて、別に結婚式じゃなくて、籍さえ入れておけばいい話じゃない」

指摘はもっともだ。入籍と社内手続きだけをさっさと済ませて、ゆっくり式を挙げるひとだって少なくない。社内の制度も状況も知り尽くした恵利佳を納得させられるようなうまい言い訳は、思い浮かびそうにもない。

観念して、私は口を開いた。

「実は――」


婚約指輪を、なくした。

贈られた後は、両家への挨拶の時はもちろん、遊びに行く時やデートでも、必ず指輪をつけていた。それ以外は大切にケースにしまっていたのに、引っ越しの慌ただしさに紛れて、どこか思い出せないような場所にしまい込んでしまったらしい。引っ越し先に持ち込んだ荷物に指輪ケースはなく、実家の部屋をすみずみまで捜したけれども、見つからなかった。捨てているはずはないのだから、きっとどこかにあるはずなのに、心当たりを捜しても一向に見つからない。

秀明に相談しようかとも思ったが、失望されるだろうか、怒らせてしまうかもしれないと思うと、言い出せなかった。滅多に怒ることのない秀明が本気で怒ったら、今まで築き上げてきた関係だって一瞬で砕けてしまうのではないかと、臆病風に吹かれた。

「――結婚式を挙げれば、結婚指輪になるでしょう、そしたら」

「婚約指輪のことは誰も話題にしなくなるだろうね」

長い長いため息をついて、恵利佳は額に手を当てた。

「馬鹿理央。それは破談にされても仕方ない」

「で、でも、わざとなくしたわけじゃないよ。むしろ大事にしすぎた結果っていうか」

「案外、向こうは気づいてて、距離置いてるんじゃないの」

はっとした。

そういえばあの時も、指輪のことを言っていた。

指輪がないと気づいてから、秀明の実家の誘いも、なにかと口実をつけて断り続けている。もしかして、うすうす勘づいていたのだろうか。

あふれ出した不安は、雷雲のようにたちどころに心の内を暗く覆っていく。

「どうしよう恵利佳」

恵利佳は組んだ脚をぶらぶらさせて、考え込んだ。

「なんとかして指輪を見つけるしかないよ。心当たりがないなら占いに頼ってでも。

あとは、素直に言う。本心から伝えて、それでだめなら、それまでのご縁てことでしょう」

「もしも気づいてなかったらやぶへびになるじゃない。自分で言ったせいで婚約破棄されるなんて嫌だよ」

揺らしていた脚をぴたりと止めて、恵利佳はすっくと立ち上がった。

「どうしようもない時、てわけだよね」

促されるまま、大股に歩き出す親友の背中を、慌てて追いかけた。

*

昔ながらの商店街は夜が早い。

午後七時閉店のコテンは、うらら商店街では酒屋に次いで遅くまで開いているものの、コンビニ生活に慣れた身には早すぎて、よほど急がなければ間に合わない。もっとも、店が閉まっていても厨房には三代目のきりりと引きしまった横顔が見え、パンと格闘しているらしい様子に、ひそかにエールを送った。

歩き通しだった土曜は結局閉店に間に合わず、翌日の日曜日は定休日で、コテンのパンにありつけたのは、月曜の夜のことだった。

私が店に入ると、三代目は会釈してレジ机に張りつき、一挙手一投足に目を凝らしてくる。パンは棚から中央の陳列棚に集められていて、目立って売れ残っている種類はなく、どれも同じくらいの個数が籠に並んでいた。

私は相変わらず自分の食べたいパンを選び、三代目に差し出す。そのゲームみたいなやりとりが、ひととき、不安を忘れさせてくれるのもありがたかった。

「どうですか、今日のは」

三代目は肩をすくめた。

「全部父のです。さっき、とりかけてやめたウインナロール、あれが俺のでした」

「あれもおいしそうだったの！　でもたまごパンのきれいな黄色に惹かれちゃって。だけど、この間よりも売れ残ってるパンに偏りがないですよね。また一歩前進してるんじゃ」

なんとか励まそうとする私に、三代目は厨房に積み上げられたウインナロールを指さしてみせた。私が温情で選ばないようにと、あらかじめよけていたらしい。三代目は、ため息とともに、目線をさらに下げた。

「食べる方は自信あるんですが。俺、寄り道ばっかりしてきたから、じいちゃんが目指した店もパンも、よくわかってないのかも」

こんなんじゃ店を継ぐ資格はないと、放っておけば三代目はどんどん身を縮めていく。

仕事で出逢ったこういうタイプは、完璧を目指しすぎて目の前の自分に自信が持てないひとが多かった。三代目の丸まった背中と、交わらない視線の理由はきっとそこにあるのだろう。外ばかりを見つめて、自分の内に目が行かないのだ。

　それなら、と水を向けてみた。

「食パン、どんなふうに食べたらおいしいですか？　そのまま食べてもおいしかったけれど、食べるのが得意な三代目おすすめの食べ方って気になります」

　三代目はしばし考え、お好みですがと前置きして、とうとうと語り始めた。

「パンそのものの味を楽しむなら、トーストです。切り方で味が変わるんですよ」

　カリカリした食感が好きなら薄めのスライス。サクサクふわふわの食感のコントラストを楽しみたいなら厚めに切るのがいいという。表面に十字や賽の目に切り目を入れてから焼くのでも、バターを塗るタイミングでも味が変わるのだと、三代目は身振り手振りを加えて、楽しそうに説明してくれた。

「俺は、焼き上がり直前に、バターの塊を載せるのが好きなんです。角が丸くなって、金色の液体が溶け出したら頃合いです。溶けたバターの滲み込んだところ、塊のバターがクリーミーなところ、パンだけのところ、一枚でいろいろ楽しめるので」

　思い浮かべるだけでお腹が空くと話した瞬間、三代目のお腹が盛大に鳴って、私たちは笑い合った。

「きっと、大丈夫ですよ。自分がおいしいって思う、目指すものがわかってるんだもの。その先に、あなたのパンが見つかるんだと思います。一足飛びに理想には届かないかもしれないけれど、小さな一歩から、踏み出してみたら？」

弾かれたように顔を上げた三代目と、はじめて目が合った。

正面から見ると顔立ちがいっそう際立ち、堂々と振舞えば二枚目に見える。

ふと思い出して、私は鞄の中から、正方形の小さなぽち袋を取り出した。

「はい、これ」

開けてみるよう促すと、三代目は、手のひらに転がり出た中身を、不思議そうに見つめた。

「五円玉、ですか？」

「結びつけてある紅白の糸、ご縁結びの糸なんです。お福分け」

私は自分のスマホに結びつけた、縁結びの糸で作ったストラップを見せた。

土曜日、あれから恵利佳に連れられて、都内の縁結びにご利益があるという神社をいくつもまわった。東京大神宮の次は、赤坂氷川神社、そして、出雲大社東京分祠。この三社は、東京三大縁結び神社とも呼ばれていて、縁結びにとくにご利益があるのだそうだ。

ご利益の理由はそれぞれの神様に由来するらしい。

東京大神宮では天地万物の「結び」の働きを司る神様を、赤坂氷川神社は夫婦神と子の、家族の神様を祀っているから。そしてその子の神様は、縁結びの神様として世に広く知られ、出雲大社東京分祠に祀られている。

恵利佳によればこうした神様の他にも、縁をくくる神様や、日本ではじめてプロポーズした神様を祀った神社なども、縁結びにご利益があるという。縁と同じ響きにちなんだ円形の絵馬がある今戸神社や、神使である猿の字がエンと読める日枝神社も、都内有数の縁結び神社とされているのだと説明を聞かされながら、足が棒になるまで各神社をめぐった。

「縁結びって言っても、男女の縁だけじゃないらしいんです。人間関係とかお仕事とか、ひとをとりまく一切合切と幸せを結びつけてくれるそうですよ。だから、三代目とパンの、それにお店とお客さんのご縁が結ばれるように」

三代目は両手に包み込むように五円玉を載せ、見入っていた。

「いただいていいんですか」

「もちろん。むしろもらってくれると、私もありがたいので」

お福分けはいつかめぐりめぐって自分のところに来るという。

今自分にできることは、なんでもやっておきたい。職場の近しいひとたちにも、同じ五円玉を配って歩いた。できることがあるのはありがたいことでもあって、せっせと五円玉に糸を結びつけている間は、秀明のことを忘れていられた。

土曜日以降、メッセージを送っても読んだ気配はなく、もちろん返信もない。

仮予約の最終期限は今週末なのに、それまでに連絡がもらえるのかも不安になってくる。目を皿のようにして捜しても指輪も見つからない。考えれば考えるほど、胸にうまく空気が入ってこなくて、息苦しくなった。

この先の五日間が、途方もなく長く感じられる。

3

水曜日の夕方、私はまたコテンの店の前に立った。

せっかく職場をはやばや出られたものの、行先もとりたてて思い浮かばなくて、家へ向かう先に灯ったあかりに吸い寄せられた。

仕事では凡ミスを繰り返した。

会議書類に二〇一九年と書くべきところを二〇九一年と書いて失笑を買った。ひたすら押していた認印は上下さかさまで、そのあたりからだんだんと周りの視線が怪しくなった。電話口でお客様をお父様と連呼すると、業を煮やした上司に呼び出され、早く帰って休むようすすめられた。体よく追い払われたというわけだ。

コテンの自動ドアの息切れのような音に、ふっと肩の力がゆるむ。

私の姿を見た三代目が、厨房から飛び出してきた。

「理央さん！　待ってたんです！」

差し出されたパン籠には、小ぶりなドーナツが並んでいた。

「おいしそう！」

手のひらよりも一回り小さなドーナツはきれいな黄金色で、生地がはぜたところからたまご色がのぞいている。

「五円玉からインスピレーションをもらった、小さな一歩です」

真ん中に穴のあいたその姿は、言われてみればたしかに五円玉に似ていて、笑みがこぼれた。促されるままに食べてみると、表面はさっくりと、噛みしめるとほんのり甘い生地が口の中でほどけていった。

「父の許可ももらえたので、明日から店に出そうと思うんです」

「小さくても、大きな一歩ですね」

三代目は、頬を上気させて、大きく頷いた。

「ただ、困ったこともあって。ドーナツって奥が深いんですよ。形もさまざまだし、調理法も、揚げる、焼く、蒸すなどがあります。生地の膨らませ方もイーストとベーキングパウダーの大きく二通りあって、それぞれに長所も短所もある。その上、味だっていくらでも工夫ができますし、ひとつに絞り込むのが大変で」

困ってしまって、と眉尻を下げる三代目はいきいきしている。少し前のしょぼくれた姿とは見違えるほどだ。ひとしきり語ったあと、理央さんのおかげですと結んで、弾けるような笑顔を向けてくる。

「そんなたいそうなことじゃないです、私、自分のためにやったことなので」

めぐりめぐって自分のもとに来るからと話すと、三代目は指先で円を描いてみせた。

「つながるわけですね、縁も円も。どちらもめぐりめぐる。五円玉の見た目からだけじゃなく、そういう意味からも、真ん中に穴のある定番のドーナツの形がベストですね。となると、生地は……」

顎（あご）に手をやり、思案を重ねるその背中は、いつの間にかしゅっと伸びていた。

楽しみにしてる、と声をかけて、そっと店を後にした。

宣言どおりにコテンの棚に並ぶドーナツを見られたのは、金曜日の夜のことだった。

閉店十分前に滑り込むと、残ったドーナツはわずかに二つ。自分のことのようにうれしくて、胸を高鳴らせながら、トレイにドーナツを載せた。

不思議なものだ。少し前まではまるでかかわりがなかったのに、ほんの少しのかかわりが生まれたことで、そのひとの喜びを同じように喜ぶことができる。こういうことをきっと縁と呼ぶのだろう。

「ドーナツ、これで売切れですね」

トレイを差し出すと、三代目はうれしそうに何度も頷きながら、この間とはちょっと違うんですよ、と言う。

「この間のはベーキングパウダーで膨らませたドーナツだったんです。今日のは見た目は似てても、イーストで作っているので、味の印象はまるで違いますよ」

イーストで作るドーナツは、その日の温度や湿度、天候、手のひらの温度によっても、違いが出るのだそうだ。同じ味を一定して作り上げるのが難しいけれども、揚げパンのような、もっちりふわふわの食感が楽しめるという。

期待とともに、袋を受けとった時だった。

入り口の自動ドアがガタガタと震えて、低い声が店の中に轟いた。

「ちょっと！　なんなんだい、この店は！」

振り向くと、ヒョウ柄のマキシワンピース姿の中年女性が、足音も荒くレジに向かってきた。明るい茶色の髪を振り乱し、鼻の付け根に皺を刻んで、こちらを睨みつけてくる。荒ぶる女性の前に、青ざめた三代目が、背中を丸めて進み出た。

「あのう、うちが、なにか」

仁王様めいた憤怒の形相で三代目を凝視する瞳は、濃いアイラインとアイシャドウに縁どられている。隈取（くまどり）のように力強いその迫力に圧された。向かい合った二人は、猛り狂った肉食猛獣と縮み上がった草食動物（その餌）みたいに見えた。

女性は、カッと目を見開いて、地の底から引き摺り出したような声で言った。

「つぶれるよ、この店！」

気の毒なほど血の気を失った三代目がなんの話かと問うと、女性は小鼻を膨らませていきり立つ。

「なんだい、あのドーナツは！」

ドーナツ。私と三代目は顔を見合わせた。

「味に迷ってる！　さっき買ってったドーナツ、昨日のとまるで味が違うじゃないか！」

だん、と大きく靴音を響かせ、女性は身を乗り出した。三代目の鼻先に今にも噛みつきそうな近さにはらはらする。

「店の名に恥じない仕事をしな！」

女性はそう言って、窓をびしっと指さした。

「『コテン』はすなわち『古典』のことだろ。古きを知り、その知恵を現代に活かす。あたしはその姿勢に敬意を表してここのパンを買ってんだ。なまくらな仕事するんじゃないよ！」

たじろぎながら三代目は、わからないんです、と言葉を絞り出した。

「わからないんです、店の名前の由来。じいちゃん、その話は誰にもしなかったので」

「はあっ？　店の名前ってそんな適当なもんなの？」

「職人肌だったんです、うちのじいちゃん。教えるっていうより、見て盗めってタイプだったので」

「見ただけじゃわかりゃしないよ」

ほんとつぶれるわ、との暴言にめげずに、三代目は控えめな笑みを浮かべる。

「あの、それなら、どちらか好きな方を教えてもらえれば、今後はそれを」

「断る」

女性が拳でレジ机を叩くと、コーヒーミルとレジが音を立てて震えた。

それはあんたの仕事だ、と女性は三代目をひと睨みすると、くるりと背を向けた。

「あたしは、無償の仕事はしない主義なんだ」

足早に立ち去った女性の背中を見つめたまま、三代目はしばし呆然としていた。

「嵐みたいなひとでしたね……。大丈夫、ですか？」

わかるひとにはわかるんですね、と三代目は肩を落とした。

「たしかに迷っていたんです。ベーキングパウダーで作る方が、再現性が高くていつも同じ味になるので。大手チェーンはもちろんパン屋でもそういうドーナツを出す店は少なくないんです。けど、せっかくうちで作るドーナツなんだから、パン屋らしくイーストで作ってみたいとも思って」

コテンらしいドーナツ、と呟いたきり考え込んだ三代目に、励ましの声をかけて、店を後にした。

マンションの扉を開けると、冷えきった部屋が無言で私を迎え入れた。

電気をつけ、テーブルの上に荷物を放り出して、着替えもせずに椅子にもたれかかる。

スマホには、相変わらず、通知はない。電話は留守電サービスにしかつながらない。送ったメッセージが読まれた気配もない。メールにも返事は来ない。

この一週間、結局、秀明とはまるで連絡がとれなかった。

先週までは、返事が来ないまでも、メッセージを読んだ形跡はあったのに、それもうない。連絡を無視したくなるほど、強引に式場の件を押しつけていただろうか。それとも、指輪のことに気づいて嫌われたのだろうか。あるいは、恵利佳が言うような他の理由が——。

次々と浮かんでくる悪い考えを打ち消して、コテンの袋に手をかけた。

皿の上に、コテンのドーナツを出す。手にとってはみたものの、胸がざわついて食欲がわかず、そのまま皿に戻す。

小ぶりなドーナツは、秀明と出逢ったあの時のドーナツを思い出させた。

スマホで写真を撮り、一言も添えずに、秀明に送った。

もう、言葉は尽くした。

結婚式場への返答期限は明日。このまま連絡がつかないのなら、一度キャンセルせざるを得ないだろう。明日の営業終了ギリギリまで粘ってみたら連絡が来るだろうか。それでも連絡が来なかったら。

——結婚自体、どうなるかわからない。

ひどく長いため息がこぼれ、視界が潤んで震える。スマホに結んだ、縁結びの糸のストラップが揺れた。私たちを結び合わせてくれた赤い糸は、まだつながっているのだろうか。それとも。

最後の手段に頼るしかない、と思い至り、意を決して、電話をかけた。

数コールですぐに電話はつながり、すこぶる明るい声が耳に響く。

《あらあ、理央ちゃん！　お久しぶりねえ！》

「ご無沙汰してしまってすみません」

秀明のママは私からの電話を喜びながらもいぶかしがった。それもそのはずで、私から直接連絡を入れたことはこれまでにない。スマホでは無視されても、実家の電話になら出てくれるんじゃないかという、かすかな期待があった。秀明と連絡がつかないことをどう切り出したものか迷っているうちに、なにを察したのか秀明ママは唐突に、心配いらないわ、と言い出した。

《いつも理央ちゃんに迷惑かけて申し訳ないわ。いいのよ、いいの。わかってるわ。連日居座られてちょっと困っちゃったんでしょう。大丈夫よ、私からうちに帰るよう、うまく言ってあげる。けど、結婚前なのに甘えるなって、理央ちゃんからもバシッと言ってもらって全然いいのよ？》

「え？　いえ、あの？」

《……あら、理央ちゃんのところに泊まってるんじゃないの？　かれこれ一週間はうちには帰ってきてないけど》

秀明のママは声音を硬くした。会社からは連絡がないというから、仕事には行っているのだろう。あなたたち大丈夫なの、と気づかわしげな声が問う。

それを聞きたいのは、むしろ私の方だ。

お騒がせしましたと電話を切る手がひどく重く感じた。

秀明がどこでなにをしているのかもわからない。会社まで見に行ってみる以外、手がかりになりそうなことは思い浮かばない。でも、もし行ったとして、会えたとして、どんな顔をされるだろうと考えると、頭は真っ白になった。

ベッドに転がっても眠れない。かといって起きていれば、ろくなことが思い浮かばない。枕に顔をうずめ、悪い方へとどんどん連鎖していく考えを必死に打ち消して過ごしているうちに、いつの間にか、眠っていたらしかった。

気がつくと、真っ暗な部屋の中、カーテンの隙間から光が差し込んできていた。

窓の外が明るい光に包まれて輝く中で、私だけが、その世界から取り残されているように思えた。

のっそりと体を起こした視界の先で、なにかが光った。テーブルに置きっぱなしのスマホに通知LEDが点灯している。急いで手にとると、秀明からのメッセージ通知が届いていた。全身に広がる拍動を抑えるように胸に手を当て、メッセージを開いた。

——ごめん。

メッセージはそう始まっていた。

——ごめん。式場、キャンセルしてほしい。

胸に鋭い痛みが走った。

送信時間はほんの数分前。今なら、もしかして、秀明と連絡がとれるのかもしれない。一縷の望みを抱いて、せめて理由を教えてほしいと、返事を打ち込んだ。

メッセージはすぐに読まれ、ややあって、返事が届いた。

——時間が欲しい。

追って、もうひとつのメッセージが表示される。

——距離をおきたい。

うまく息ができない。胸が締めつけられ、吸っても吸っても、肺に空気が入ってこない。その先を、尋ねるのが怖いような、それでも、聞いておかねばならないような気がした。

式から？　と打ち込んでも、読まれているはずのメッセージに、返事は一向にない。

聞きたくないのに、知りたくないのに、尋ねずにはいられなくて、震える指先で、決定的な一言を打ち込んだ。

結婚から？

——ごめん。

すぐに返されたメッセージに打ちのめされた。

理由を問うても、そこから先はもう二度と、メッセージは読まれなかった。

読まれる気配のないメッセージの上に、ぽたぽたと涙が落ちた。

指先で拭っても次々にこぼれてくる涙は、どしゃぶりの雨みたいになって、私は堪えるのをやめて声をあげて泣いた。こんな時なのに、あるいは、こんな時だからこそなのか、秀明のいいところばかりが思い浮かんだ。

パクチーを必死に食べていた顔と、きつかったと、はにかんだ笑顔。

幸せそうにごはんをほおばる姿。

そしてあの、ドーナツの話をした時の、弓なりに細くなった目。

一方的に突きつけられた幕切れには後悔しかなくて、もし指輪のことが原因なのなら、理由さえ教えてもらえずに終わってしまうのなら、正直に自分から話しておくのだったと、悔やんでも悔やみきれない。

私が、大切なことを隠して黙っていたから、秀明も、大切なことを隠して黙っているのかもしれない。こういうのも、めぐりめぐっていくものなのかもしれない。

自分の行いの代償として突きつけられた現実の苦しさに、胸がつぶれそうだった。


ふと顔を上げると、カーテンの隙間からもれた一条の光が、筋のようになってテーブルの上を照らしているのに気づいた。

ドーナツの表面にまぶされた砂糖粒が、光を反射してきらめいていた。

惹きつけられるように手を伸ばす。

手のひらにすっぽりと収まる小さなドーナツは、そっとかじりつくと、砂糖がショリと小気味いい音を立てた。歯応えはもっちりと、噛みしめればふかふかの生地から香気が生まれ、甘味と一緒になって口の中を満たした。

こんな時なのに、コテンのドーナツは沁み渡るようにおいしくて、やさしい甘味にすがるみたいに、私は泣きながらドーナツを食べた。

4

鏡に映る自分の姿が、まるで違うひとのように見えた。

よく似合ってますよ、と微笑む銀髪の美容師さんに礼を言って、店を出る。

腰まで伸ばした髪を、顎下でばっさりと切り揃えたショート・ボブ。商店街のガラス窓に映る自分の姿が、いちいち新鮮に感じられる。こんなに短くしたのは、たぶん小学生以来だ。髪が軽くなったせいか、踏み出す一歩も軽やかに思えた。

結婚式場には、丁重なお詫びとともに、キャンセルを申し入れた。理由を尋ねられてもひたすら謝り通した。未練を断ち切るつもりで、髪を切った。

コテンでは、今日もふくふくに焼き上がったおいしそうなパンが棚に並んでいた。その中にドーナツを見つけ、早足で店に入る。トレイいっぱいにドーナツを載せレジに運んでも、三代目は私に気づかず、喉元を見ていた。

「できたんですね、コテンらしいドーナツ」

顔を上げた三代目は、目を丸くした。

「理央さん？　誰かわかりませんでした」

「前からちょっと思ってたんですが、三代目、接客にあまり向いてないかも？」

笑いながら告げると、ですよね、と三代目も力なく笑い、どうも緊張してしまってと肩をすくめた。普段、厨房の忙しい時間帯にはパン屋の奥さんが店に立つのだけれど、用がある時や食事の支度時などは三代目の役目になるのだそうだ。

「今日も母は商店会の防犯講習に出かけてて。ハロウィンが近いでしょう、仮装にかこつけた不審者なんかもいるようで。ここらでも近頃は不穏な話も聞きますし」

「なら、そういう時は、アルバイトを雇うのもいいかも」

なるほど考えてみます、と頷く三代目から、ドーナツに目を移した。

昨日のドーナツに比べると、穴の部分が少し、大きくなっているように思えた。

「できたんですね」

三代目は力強く頷いた。

「ドーナツって、穴が大切なんですよ」

ドーナツの穴は、熱を通しやすくするために作られたというのが通説らしい。こういう生地はどうしても真ん中に熱が通りにくく、生焼けになってしまうため、穴をあけることで、熱を均一に通すのだという。それだけでなく、穴の大きさで、味わいが変わるのだそうだ。穴が小さければふわふわに、大きくなればしっとりとするという。

「見えるところに気持ちが行きがちですけど、実は、目に見えないところが大切なんだってわかったんです」

いろいろな大きさの穴をあけて研究を重ね、生地を一番おいしく食べることができる大きさを見つけ出したのだという。

「ひたすら穴をあけてたら、人間も同じだよなって思えてきて。ひとの真ん中って言ったら心なんでしょうが、自分の心だってひとの心だって、目には見えないですよね。でも、お互いに見えないからこそ、少しでも相手の立場に立って考えてみようって努力するでしょう。それがひととひとをつないでいくのかなって」

「真ん中の心……、まごころ、ですね」

三代目は目を見開いて、それいいですね、と手元の油性ペンをとり、プライスカードに、まごころドーナツ、と書き記した。

「十二個ですね。こんなにたくさんありがとうございます」

「袋は二つに分けてもらえますか？」

「お出かけですか？」

首を傾げる三代目に、にっこりと微笑んでみせる。

「まごころを、見つけに行くんです」


スマホの地図を頼りに、目的地の雑居ビルを探し当てた。商店街の裏手に佇む薄汚れた古い建物にはエレベーターもなく、五階までの気の遠くなるほど長い階段を一歩ずつ踏みしめめた。

辿りついたフロアの、黒いレースの暖簾（のれん）と装飾過剰な飾り文字に迎えられ、私は占いサロン・ブルームの待合室に腰を落ち着けた。といっても、異国風の色や柄があふれた空間に据えられた紫色のソファは、気分的にはあまり落ち着かない。

ウエイティングドリンクと問診票のようなものを持ってきてくれた若い女の子

は、黒いゴスロリメイド服にツインテールの髪を揺らし、蚊の鳴くような声で、希望する占い師によって待ち時間が変わること、鑑定時間によって料金が変わることを説明していった。

甘ったるいミルクティーをすすりながら、問診票に印字されている、やたらと画数の多い漢字や、カタカナ交じりの名前の中から、目当ての占い師の名に丸をつける。

魔縫（まほ）。的中率が高いとSNSで評判の占い師。

駒込駅前にサロンを構えていたのは、ほとんど天の助けのように思われた。

婚約解消するのなら、指輪は、返さなければいけない。それが秀明へのせめてものまごころだろう。なんとしても見つけなければと考え、恵利佳の話を思い出して、占い師を探した。口コミによれば、魔縫さんはドーナツに目がないらしく、的中率が高まるという。私はコテンの袋を握りしめて、ミルクティーを飲み干した。

三十分ほど待たされて通された薄暗い小部屋にはきつい花の香りが漂っていた。琥珀色のテーブルランプが、テーブルの向こう側に座る、黒いヴェールをまとった占い師・魔縫さんを照らしている。

軽く頭を下げて、黒いヴェルヴェットに覆われたテーブルに着き、思わず目を瞠（みは）った。

ヴェールの奥の濃厚なアイメイクに派手なアニマル柄の服。今日はシマウマ柄のカーディガン姿だけれど、間違いない。忘れられないその姿は、コテンで難癖をつけたあの、嵐のようなひとのものだ。向こうも気づいたのか、片眉を上げて私を見る。

「ナツコじゃないか」

「はい？　人違いじゃないですか？　私は」

「いや、ナツコだ。あんた昨日、ぼんくらパン屋でドーナツ買ってたろ。ドーナツの、ナツコ」

ここでコテンのドーナツを出すべきだろうか。的中率が上がるどころか、かえって不利に働くだろうか。煩悶（はんもん）の末、袋を黒いテーブルの上に載せた。

「なるほど喧嘩を売りに。いい度胸だね」

「いえ！　違うんです！　ドーナツがお好きだと口コミを見て」

魔縫さんは、組んだ指の上に顎を乗せる。黒地に金のネイルが鈍く光った。

「よくお聞きナツコ。あたしは迷った味を食べるつもりはない。あたしら占い師って商売は、目に見えないものを見るのが仕事だ。ドーナツで言えば、穴を必死に覗き込んで、その先の未来を見通すような商売さ。体は、食べるものが作る。迷ってるもんなんか口に入れたら、見えるものまで見えなくなっちまうんだよ」

「ドーナツの穴から、先が見えるんですか？」

レンコンと同じだよ、と魔縫さんは不機嫌そうに言う。

「正月のお節料理じゃ、先が見通せるようにってレンコンが必ず入るだろ。穴があるからだよ。ドーナツだって同じだろ、穴があるんだから」

「その、穴が、大事らしいんです」

ずい、と魔縫さんの方にコテンの袋を押し出す。

「昨日までのドーナツとは、違います。きっと魔縫さんのお気に召すはずです」

じろりと私を睨みつけ、魔縫さんは袋に手を伸ばす。派手なネイルの指先がドーナツをつまみあげ、二口ほどでぺろりと平らげる。すぐさまもう一個を口に放り込むと、指先についた砂糖をなめとった。

「悪くないじゃないか」

ふん、と鼻を鳴らして、魔縫さんは上機嫌にタロットカードをシャッフルすると、きれいな円形に並べた。

「占ってほしいものは、なくし物のありからしいけど、男がらみだね」

問診票のどこにもそんなことは書いていないのに、突然の指摘に舌を巻いた。

「どうしてわかるんですか」

「ぷんぷんにおってくるよ、あんたからそういうオーラが」

「オーラってにおうんですか」

魔縫さんは私の質問には答えず、カードを三枚引くように促した。残りを脇にまとめ、選んだカードを横一列に並べると、表に返して、意味を読み始めた。

「恋人がいるが、最近連絡がとれてないね。仕事は専門職。相手は今、自分の心の中を見つめるための時間が欲しいと思ってる。思い当たるかい？」

何度も頷いた。どうしてわかるんですかと尋ねると、全部カードに出てる、と平然と答える。カードは左から過去・現在・未来を指すのだそうだ。

「過去は〈恋人〉の逆位置。現在が〈隠者〉の正位置。最後のカードは〈カップの七〉、逆位置。あんたは、決断の時を迎えてるってわけだ。それも、夢を見るような決断じゃなくて、現実的でシビアな決断」

びたびたと当たっていく占いに、私は前のめりになって、魔縫さんと一緒にカードを覗き込んだ。天使を挟んだ男女と、ランタンを掲げ持つ灰色の衣の老人の姿、雲の上の宝物を見る人物のシルエットが描かれているが、それ以上のことはなにもわからない。

魔縫さんは身を乗り出すようにして、三枚をじっと睨みつける。

「まずあんたが気にしなきゃいけないのは、あんた自身がきちんとその決断に向き合っているかどうかだ。恋人がそうなる前、大事なことをおろそかにして、自分の都合のいいようにことを運ぼうとしなかったか」

言葉に詰まる。魔縫さんは、カードから目を離さずに続けた。

「〈隠者〉が持つランタンに灯っているのは星の光。大切なことは表面的なことじゃなく、本質的なところにあるとカードは言ってるよ。相手はそれを考えるための時間が欲しいと思ってるはずだ」

「本質、ですか」

「大切なものがなにか、見つめるんだね。あんたにとっても、相手にとっても」

なんだか、三代目が話していたことにも重なるように思えた。少しでも相手の立場に立って考えるよう努力をすることが大事だと。

魔縫さんは再びカードに目をやり、なくし物は高価なものだねと、また言い当てた。

「そっちはあんたの状況把握に問題がある。まだ探してない場所から出てくる。高いところだ」

そうして魔縫さんは、またコテンの袋に片手を突っ込んだ。


外へ出ると眩しいくらいの青空が広がっていた。

雑居ビルを出たところで、横から来た男のひととぶつかった。ニット帽を深く被り、サングラスにマスクをつけたその姿は、絵に描いたような不審者そのもの。表情の読めないサングラスの奥からじっと見られているような気がして、全身に緊張が走る。

すみません、と頭を下げ、小走りにその場を通り過ぎて、商店街を抜けた。男は私を追うように、ずっと同じ道をついてくる。三代目が話していた不審者のことが頭をかすめた。きっと有料施設の中までは追ってこないだろうと踏んで、私は坂道を駆け上り、その先にある旧古河庭園の門をくぐった。

散策客の間を縫うように足早に進んでいくと、チョコレート色の洋館が姿を現した。大正時代に建てられたという石造りの洋館を囲んで洋風庭園が広がる。咲き誇る秋バラを撮るためだろうか、カメラを手にした人も多い。その奥には日本庭園が続いているという。

おそるおそる振り返ってみると、さすがに不審者の姿は見当たらない。バラの庭をのぞむ展望台のベンチに腰を下ろし、ようやく一息ついた。早鐘のように打っていた心臓が、のどかな雰囲気に、少しずつ落ち着きを取り戻した。

幾何学模様に区切られた花壇には色とりどりのバラが洋館を見上げるように咲いている。洋館の窓越しにひとが動くのが見え、目を凝らせばそれは、結婚式のようだった。結い上げた髪にバラの花を飾り、ウエディングドレス姿で微笑む新婦と、その傍らで笑顔を向ける新郎。穏やかに見守る参列者たち。夢のようにうつくしい光景だった。

いたたまれず庭園に顔を戻した私は、声にならない悲鳴をあげた。

不審者が、すぐ目の前に立っていた。

たまらずぎゅっと目を瞑ると、頭の上から声が降ってきた。

「理央だよね？」

聞き馴染んだ声に目を見開けば、不審者はサングラスを外して、弓なりに細くなった目で私を見つめていた。

「秀明？」

あんなに話したかったはずなのに、なにも言葉が思い浮かばない。

「髪、切ったんだね」

言葉の代わりにぽろぽろと涙がこぼれ落ちると、秀明は盛大に慌てて、ポケットからくしゃくしゃのハンカチを渡してよこした。

「どこにいたの？　連絡もつかないし、家にも帰ってないって」

会いたかった。話したかった。そんな言葉よりも先に、咎めるような言葉が口をついて出てしまい、かすかに後悔がよぎる。秀明が顔を歪めて、そのことなんだ、と下を向く。不安がむくむくと大きく膨らんでいく。

隣に腰かけた秀明は、膝の上で手を組み、式のキャンセルを詫びた。組んだ指先をじっと見つめながら、きちんと説明して謝らなくちゃいけないと思って、と切り出す。

「最初は、遊びのつもりだったんだけど」

背筋に冷たいものが走った。秀明ママの話からどこか予感していたものの、考えたくないことだった。恵利佳が話していた。やさしいひとは浮気が本気になると。

「会社の先輩に口説かれてて」

胸に大きな杭が打ち込まれたような気がした。この一週間は仕事が終わると先輩の家へ行き、そこから出社していたのだと、秀明は訥々と語った。スマホの充電切れにも気づかないほど夢中になっていた、と目を伏せる。

苦しそうな横顔には、秀明が彼なりに苦悩を重ねてきた時間が滲んで見えた。

「最初はそんなつもりなくても、どんどん深みに？」

絞り出した声が震えてかすれる。秀明は、そうなんだと神妙に頷く。本格的に悩み始めたのが、式場から連絡の来た頃だったらしい。

「すごい迷った。先輩の気持ちもあるし。理央とのこともあるし」

厄介だと恵利佳が言っていたとおりだ、相手の気持ちを考えすぎて抱え込むからと。

「でも決めたんだ」

秀明は突如として立ち上がると私の正面に立ち、頭を深々と下げて、ニット帽とマスクをとった。

どんなに私が望んでも、秀明がもう決断を下したのなら、きっとなにを言っても無駄で、受け容れる他ない。そう頭ではわかっているのに、胸の内では全力でそれに抗おうとする思いが激しく突き上げてきて、苦しくなる。

「ごめん。そういうわけで、先輩と会社立ち上げることにしたので」

「……え？」

意表を突かれた話以上に、顔を上げた秀明の姿に、目を疑った。

髪はもしゃもしゃのアフロヘア。もみあげから顎にかけて同じようにもしゃもしゃの髭が伸び、秀明の顔を包み込んでいた。

「その、髪」

「理央からの写真見て、思いついて」

「写真て、ドーナツの写真くらいしか」

口にして、気づいた。よく見れば、もこもことしたアフロヘアと、顎までの髭に包まれた姿は、黒いドーナツに見えなくもない。一度意識してしまうと、ドーナツに顔をはめ込んだようにしか見えなくなってきて、お腹の底から、ふつふつと笑いがこみ上げてきた。

「ドーナツなの？　なんで？」

「理央と結びつけてくれたものだから」

その言葉に、鼻の奥がじんとしびれた。

浮気かと思ったと言うと、秀明は目玉がこぼれそうなほど大きく目を開き、頭をぶるぶると横に振る。揺れるアフロは形を変え、またすんなりと元の形に戻った。

「安定した仕事じゃなくなる。先も読めない。だから距離を置いて、結婚も一旦白紙にして、ここからの俺を見て判断しなおしてもらった方が、理央のためになると思って」

頬をあたたかいものが伝う。口元がゆるむのは、きっと、安心したせいなのだろう。こぼれてくるのは、うれし涙なのだろう。くしゃくしゃのハンカチで、目元を拭った。

私は、コテンの袋からドーナツをひとつ取り出すと、その穴から秀明を覗き込んだ。

「目に見えないからこそ、努力しようとするんだよ。少しでも先が見通せるように。その先が、望む未来につながっていくように」

秀明の手にドーナツを渡しながら、大丈夫だよ、と呟く。もしもなにかあっても、一人よりも二人の方が、乗り越えていけるかもしれないよ、と。

「私も、話さなくちゃいけないことがあるの」

大きく息を吸い込んで、指輪のことを打ち明けた。秀明がそれに気づいて怒っているから、結婚から距離を置くと言っていると思っていたことも。

秀明は、ただ黙っていた。

なんのリアクションもないのは、やはり怒ってしまったのだろうかと心配したその時。

す、と伸びてきた秀明の手が、私の手を掴んだ。

そして、左手の薬指に、まごころドーナツをぎゅうぎゅうとはめた。

「見つかるまでは、これでどう?」

表面の砂糖粒が、陽を受けて、きらきらと輝いた。

ドーナツを指に挿した不格好な姿を、秀明は、正しいリングドーナツだ、と満足そうに笑う。その笑顔が、たまらなく、いとおしく思えた。

吹き抜けていく秋風に、私たちは身を寄せ合うようにして、コテンのドーナツをほおばった。

不意に手を止め、私を真顔で見つめた秀明が「共食いだ」と、顔の横にドーナツをかざしてみせるので、吹き出してしまう。

ドーナツの穴の向こうで、咲き乱れるバラの花が、気持ちよさそうに揺れていた。

第二話

楽描きカレーパン

1

運も実力のうちとかいうが、だとしたら、これも俺の実力なんだろうか。

膝の上で握りしめた指先がぬるりと滑った。冷汗だ、と認識したのが悪かった。緊張が無駄に高まって、全然考えがまとまらない。

なんだって俺はこう運が悪いんだろう。

練りに練ったはずの志望動機とほとんど同じことを、隣の男がとうとうと語っている。まさか同じことを言うわけにもいかない。何か別のことを考えつかなきゃと思うのに、汗ばかりが噴き出る。

そうこうしている間に、面接官と目が合った。

「では、守田大和（もりたやまと）くん。いかがですか？」

うまくいく気がしない。


世の中は師走（しわす）も半ば、誰も彼も慌ただしく見える。居酒屋前の万歳三唱（ばんざいさんしょう）も、サンタ服の客引きも足早に通り過ぎ、駅に向かうひとの波に逆らいながら、うらら商店街を抜ける。しんと静まり返った住宅街に足を踏み入れて、ようやく一息ついた。

びゅ、と強い風が、コートのない俺をあざわらうみたいに吹きすさぶ。

ニュースによれば暖冬で、たしかに昼間は邪魔な荷物だったコートも、夜の冷え込みには恋しく思える。やはり冬は冬だ。見上げた街路樹も枝ばかりになってすっかり身を縮こまらせている。ついこの間、葉桜になったと思ったのに、時の経つのは早すぎる。

瞬く間に過ぎ去った俺の半年は、惨敗の歴史を塗り重ね、くたびれたリクルートスーツだけを残した。たいして長く着るものでもないと安さで選んだせいか、スーツの生地はぺなぺなと薄く、木枯らしの季節には心もとない。こんなにも長いこと就活を続ける羽目になるとは、あの時には予想もしていなかった。

足を大きく踏み出した途端、腰に痛みが走って思わず呻いた。運に見放された日というのは、きっと今日のような日のことを言うのだろう。

腰をさすりながら路地を曲がると、赤い旗が揺れていた。路地のどんづまりは神社への抜け道で、その手前に地蔵が祀られている。神社仏閣のそばに住むのを避けるひともいるらしいが、車の通れない路地にあるぼろマンションは懐にやさしい。お向かいさんのよしみで、俺は五円玉を投げ入れて、両手を合わせた。

実際のところ、藁(わら)でも地蔵でも、なんにでもすがりたい。

年内に内定がとれなければ、俺に未来はない。

錆びた手すりを頼りに三階までの階段を休み休み上る。時折悲鳴を上げる腰に鞭打ってドアを開けた瞬間、ほっこりした暖気と尖った声が襲いかかってきた。

「遅くなる時はちゃんと連絡してって言ってるでしょ」

連絡できる状況じゃなかったが、説明するのも面倒で、とりあえず謝っておく。居候の身は、部屋の主には頭が上がらない。

たとえその部屋が日当たりとプライバシーのない2DKであっても、主がパジャマに美容マスクの脱力感に満ちた姿であってもだ。実際、主、つまり姉あってこそ俺の生活は成り立っている。姉は就職で上京し、会社の独身寮で暮らしていたが、俺が東京の大学を受けると知るとさっさと引っ越して待ち構えていた。俺への仕送りをアテにして窮屈な女の園から飛び出したらしい。落ちたらどうするつもりだったのか知らないが、そのおかげで俺は受験の時から、長方形を三つに区切ったようなこの部屋に世話になっている。

ダイニング兼キッチン、四畳半、六畳。襖で区切られた真ん中の四畳半が俺の部屋だ。場所柄、荷物は多くない。少しの服と少しの本、そして壁を埋め尽くすチラシコレクション。心惹かれたチラシを貼り始めたのは上京してすぐの頃だった。

最初の頃こそ、洗濯掃除料理の負担は半分と喜んだが、ノックから一秒で開く襖にプライバシーはほぼない。ベッドと机と衣装ケースを両側の壁に寄せてわずかに残った中央の畳部分は、「姉の部屋への通路」と見なされていて、服の一枚も落ちていようものならすごい剣幕でどやされる。

「あと！　母さんからも連絡あったよ、電話が全然つながらないって」

　俺の心の内を鋭敏に読みとった姉は、美容マスクごと顔をしかめて睨みつけてきた。

「まさか、まだ連絡してないんじゃないでしょうね、帰省の日程」

「するよ」

　部屋がぬくもっているのは、玄関を入ってすぐにあるダイニング兼キッチンが、珍しくフル稼働しているせいらしい。コンロにかかった鍋の蓋をとってみると、マグマみたいにぼこぼこ沸騰しているのはカレーで、大きいあぶくが破裂して、熱い飛沫が手にかかった。火を止めてごはんをよそっている間も、姉と鍋は、ぶつぶつとひたすら文句を唱えていた。

　丼に盛られたカレーは、見た目はちゃんとカレーだ。でも。

「……なんか、黒くね？」

「ちょっと焦げたかも」

「ちょっとっつうか」

　スプーンでつつくと黒い肉か野菜だった物体が覗き、そこから苦みが滲み出て、すさまじくまずい。炭化を免れた肉らしき塊に食らいつけば溶けきらなかったルウだった。まずいカレー選手権があれば、間違いなくグランプリを狙える。

「嫌なら食べなくていいから」

そんなこと俺にできるわけないとわかっていて、姉は言う。

「どうだったの、今日のとこ」

「撃沈」

志望動機が答えられなかったのだから仕方ないが、即日不採用メールはさすがに堪えた。

「大丈夫なの？　あと二週間で今年は終わるけど」

「まだ一社あるし」

受けるのは嘘じゃないが、受かるかどうかは別の話だ。エントリーした会社は二十を超えてから数えていない。第一志望、第二志望、と志望をどんどん下げてもどこにもひっかからず、半ばやけっぱちになって送信した書類が、なんの間違いか超人気外資系ベンチャーの一次選考を通った。今さら一社分傷が増えたってたいして変わらないが、最後のチャンスというにはずいぶんと高い壁ではある。なのに、淡い期待も捨てきれずにいる。

「万が一、そこも無理だったら？」

「仕送り停止と卒業後の強制送還」

俺は再びスプーンを手にして、カレーをつついた。表面にできた膜に、大きな皺が寄った。

「困るんだよなあ」

姉は指先でマスクをはがし、腕組みをした。

「大和があっちに戻ると家賃負担増えるし。私までとばっちりくいそう」

「関係ないいんじゃね。すねかじりの俺と違って姉ちゃんは自分の給料で生活してんだし」

俺は修行のように、無心を心がけながら、丼を空にする。なるべく舌に意識を向けないようにと思えば思うほど、まずさが舌にまとわりついた。

丼を片づけようと立ち上がる俺の袖を、姉が引いた。

「どうしたのこの穴。肩から背中にかけて、ぱっくりあいてるけど」

慌てて脱いでみると、たしかに、ジャケットの袖がほとんどとれかかっている。

姉が机の上に裁縫セットを置いた。

――あの時だ。

冷たい風が身にしみた原因はこいつのせいもあったかと、はじめて気づいた。

＊

運が悪い人間てのは、二つの選択肢があれば、おのずと悪い方を選択してしまう。

今日の俺で言うなら、商店街からすぐとはいえ、車一台通るのがやっとの、せせこましい裏路地に入ったのが、運の分かれ目だった。下を向いて歩いていたのも悪かった。

誰かにぶつかったかと思った刹那、すぐそばで女の叫び声が聞こえ、背中に強い衝撃を感じた。咄嗟に目を瞑ったせいで、遠ざかっていく足音の主はわからなかったが、おそるおそる開いた目には暮れなずむ空が映った。仰向けに倒れているらしかった。身を起こそうと手をつくと、地面と思われた場所はがさりと音を立て、背中と腰を鋭い痛みが貫いた。大きな茶色い袋の上だった。袋の一部が裂けて白い粉がこぼれ、俺の黒いコートを白く染めていた。

何が起こったのか、状況を把握しようと思いめぐらしたその時。顔を覗き込んできた、アフロ頭の男にぎょっとした。男が背後の連れに話す言葉の中に「三代目」という物騒な呼び名を聞きとった自分のヒアリング能力を喜んでいいのか悲しむべきかわからないが、瞬時にいろいろな情報がひとつに結びついた。

悲鳴、突然の衝撃と痛み、白い粉、任侠映画みたいな呼び名。

それに、パンチパーマは伸びたらアフロになるかもしれない。

沸き起こっていた怒りは瞬時に凍りついた。見ちゃいけないなにかに巻き込まれたかと心臓がばくばく暴れた。映画やドラマの記憶を辿ると、巻き込まれ役の末路は気の萎えることしか思い浮かばない。

アフロ男の連れも、いかにも姐さんと呼ばれるのが似合いそうな視線の鋭いひとだったが、短めの髪を耳にかけながら、道路に散らばった会社案内や就活本を拾い集めてくれた。

「学生さんですね。この時期にまだ就活中ってことは公務員試験に落ちたか、海外留学からの帰国組か、あるいは」

呑み込まれた言葉と沈黙が重い。この流れで組に勧誘されたらどうしよう、むしろ考えようによってはそれも就職と言えるんじゃないだろうかと血迷うくらいには、俺は混乱していた。

鞄をそのまま持って行ってしまった姐さんを追って、アフロの肩を借り、悲鳴を上げる体を引き摺って辿りついた先は、さっき曲がった四つ角の、野暮ったいパン屋だった。

その店は、ちっぽけな割に窓ばかりは大きく立派で、中がよく見えた。窓に書かれたコテンというのが店の名。通りかかるたび、店の外にまで漂う甘い香りが気になりながらも、足を踏み入れたことはなかった。窓に沿って作られた二段の棚は空っぽだったが、中央のでかい台に、パンの入った籠がいくつも並んでいた。ぷっくりと皮の張ったあんぱんがいかにもうまそうだった。

店に入るなり、姐さんと向き合っていたエプロン姿の背の高い男が、すぐさま頭を下げたから、俺はいよいよわけがわからなくなった。その背後から小柄な少女が現れ、ごめんなさい、と頭を下げた。エプロン男にも、入ったばかりのアルバイトだというおかっぱ頭の少女にも謝られるような覚えはない。もしや、あなたに恨みはないけど知りすぎたのだというアレなのかと、目の前が真っ暗になった。最期の風景がこのうらぶれたパン屋かと思うと目も潤んだ。

三代目と呼ばれたその男は、パン屋の三代目で、音羽和久と名乗った。

アフロたちはただの馴染み客だと聞かされると、緊張の糸がぷっつり切れて、情けなくも床にへたり込んだ。落ち着いて見回してみれば、木の床はところどころ塗装が剝げ、レジの載った飴色の木の机も小学校の教卓みたいでなつかしく、年季が入っていて、安穏とした空気が漂う。俺の想像したフィルムノワールみたいな世界とはかけ離れた場所がそこにはあった。

おかっぱの少女に投げ飛ばされたのだと聞かされても、にわかには信じられなかった。まるで小動物みたいな、中学生くらいの子なのだ。

「変質者に抱きつかれたかと思って、すみません、体が勝手に反応してしまいました」

丸い目をくるくると動かして、少女は状況を説明した。彼女がパン屋のアルバイトを終えて歩き出したところにぶつかってきた俺を変質者と勘違いして、反射的に投げ飛ばし逃げ出した、というのが真相らしい。アフロたちは俺の無実を証明してくれた、親切なひとたちだったのだ。ひとは見た目で判断してはいけない、と、俺は肝に銘じた。

成田すずという名のおかっぱは、てきぱきとよく働いた。円いスツールを運んできて俺を座らせると、コートを脱がせてクリーニングを申し出、電話を済ませて、コーヒーとあんぱんを振舞ってくれた。

レジ机に置かれた旧式のコーヒーミルで、三代目が豆から挽いて淹れてくれたコーヒーはあたたかくて、かじかんだ指先がじわっとぬくもった。そして、あんぱん。ずっしりと重く、パン生地のほどよい歯応えの先には、期待どおりにみっしりとつぶあんが詰まっていた。ほんのり感じる塩気もまた、うまさを増していた。

「本当にすみません。今家族がお詫びに向かっているので」

すずのその言葉が終わらないうちに、パン屋の自動ドアが手でこじ開けられ、Tシャツ姿の筋肉質な男がまっすぐに突き進んできた。お詫びにしてはずいぶんと勢いがいいと悠長に構えていた俺は、胸倉をいきなり摑まれ、三代目やアフロたちの制止もむなしく、床に叩きつけられた。

厄日じゃないですか、と呟く姐さんの言葉どおりだとすれば、思い当たる節がありすぎた。昼の天ぷらそばはエビの八割が衣だったし、面接はさんざん、帰り道にもう不採用メールが届いた。物流サービス会社とはいえ、こんなとこでもスピードがウリかよ、とげんなりした。まっすぐ帰るのが急に馬鹿らしくなり、ふいと横道に外れたところで、すずにぶつかったのだった。運が悪いにもほどがある。

「申し訳ない！　本っ当に、悪かった！　このとおり！」

スツールに腰を落ち着けた筋肉男は、Tシャツからむき出した太い腕を膝の上で小さく折りたたみ、頭を下げた。成田賢介というこの男は、近くの成田精肉店の主だという。牛刀ごと来なくてよかったと呟くすずの言葉が笑えない。

「いやほんとにすまん！　妹から、変質者って聞いたもんだから」

その会話なら聞き覚えがあった。もっとも正しくは、変質者「と勘違いして投げ飛ばしたひとに一緒に謝罪してくれ」という文脈だったはずだ。つまりこの男は、最初の一言だけでいきり立って、突進してきたらしかった。

よく似た兄妹だ。俺を見つめる丸い目と、なによりもその早合点。不愉快なまでにそっくりだ。

八つ当たりみたいにあんぱんにかぶりついていた俺は、店の外からサラリーマン風の若い男がじっと覗き込んでいるのに気づいた。三代目が外に出て閉店を告げると、彼は閉店時間を確認して、立ち去った。午後七時の閉店とはずいぶん早いが、そういやこのへんの店は夕暮れ時にだいたい閉まると姉が言ってた気がする。

アフロたちを見送ると肉屋は三代目に軽く頭を下げた。

「しかし和久、すずのせいで、粉一袋ダメにしちまったみたいで、ほんとにすまん」

俺が倒れ込んだ袋は、閉店後に店に運び込むはずの小麦粉だったようだ。古い造りのパン屋は出入り口が店のドアだけで、客がいると運び込むのを待つという。悪天候の際には、向かいの履物屋に預かってもらうこともあるらしい。

「大丈夫、支障ないから。試しに注文した方だから……安いのだし」

　この二人は幼馴染なのだそうだ。すずの話によれば、いじめられていた三代目を肉屋が救ってからの仲、それも三代目は小学一年生、肉屋がまだ幼稚園児だったという。面目（めんぼく）ない、とまた頭を下げて、肉屋が腕を組む。

「なんだか近頃、視線を感じることがあるらしくて心配しててよ。なんせこのとおり世間知らずな箱入り娘だから」

　肉屋がちらりとすずを見やる。箱は箱でもびっくり箱の方じゃないだろうか。俺をかるがる投げ飛ばせるほどの腕前なら、不審者の一人や二人、なんの問題もないように思える。

「すずの思い違いじゃないの？　このへんは人通りも多いし、成田精肉店まではどんなにゆっくり歩いても五分くらいだろ」

　肉屋は三代目に一瞬厳しい視線を走らせ、ぼそっと言った。

「そうはいっても、花の十八だからよ」

　コーヒーを吹き出しかけた。小柄なのは百歩譲るとしてもこの童顔で高校生、しかも三年とは。座敷童子（ざしきわらし）だと言われた方がまだしっくりくる。

「鬼も十八っていうんじゃないの」

からかうような三代目の口ぶりにすずは口を尖らせる。きっと成田兄妹と三代目はこんなふうに、子犬たちがじゃれ合うみたいにしてずっと過ごしてきたんだろう。

「……十八か」

呟くなり黙り込んだ三代目に、なつかしいよな、と肉屋が目を細める。でもその表情はどこか険しい。すずは胸で手を組んで心配そうに二人を見守っている。

「なにかあったの？」

「賢兄は十八の時に将来の道を決めたんです」

「ああ、そりゃ家業があればね」

生まれた時から就職先が決まっているなんて、就職難民の俺からしたら、羨ましい限りだ。

「違いますよ。それは今の話であって」

「え？」

「賢兄には夢があったんです。和兄もあの頃ずいぶん悩んでいたから」

そう言ってすずは、肩をすくめてへなへなと笑う三代目たちを、じっと見ていた。

2

チェーン居酒屋の広い座敷に並んだテーブルには、二列ともまだ空席が目立つ。なのに、席決めくじで、よりによって堀尾の隣を引き当てた俺は、もしかしたら慢性的に運が悪いのかもしれない。

　いつもの忘年会と違ってほぼ全員が揃うらしいのは、日程のせいもあるだろう。毎年クリスマスイヴの恒例だったのに、前倒しになったからだ。

　三、四年合わせて二十八名が在籍する社会学演習・辻川ゼミは、人気ゼミでもある。内容の一部に広告が扱われるせいかマスコミ志望者に人気が高いのも理由のひとつだが、酒を飲めば単位がとれるという前評判がもっぱらの決め手だろう。評判どおりに飲み会は多いものの、アメとムチで、演習は課題多めで厳しい。インターンシップや就活を理由に休みがちになると課題がたまり、まともな神経を持ち合わせていればゼミに顔を出すのが億劫になる。それが長引けばなおさらだ。

　なのに、この堀尾という男は、インターンシップ、説明会、面接、内定者顔合わせと就活のステップを順調に駆け上る一方、ゼミ長のくせにゼミを休みまくっていたにもかかわらず、こうして少しの曇りもない笑顔で手を振ってくる。

「大和、すごい久しぶりじゃん！　会社、どこに決めた？」

この時期にどの会社からも落とされてまだ就活を続けている人間がいるなんて、思いもよらないらしい。くじを手の中で握りつぶして、テーブルの端のその席に着いた。

大学って場所は、ここが第一志望だったと目をきらきら輝かせてくるやつと、滑り止めだったと目を曇らせてくるやつが、同じ部屋に集う。俺は後者のクチで、まわりとの温度差を感じずにはいられなかった。自分に影があると、輝いているやつは正直疎ましい。その明るさが自分の影を否応なく照らし出すからだ。

だから俺は、堀尾が嫌いだ。

きっと好青年という言葉でひとが真っ先に思い描くのはこういうやつなんだろう。朗らかで裏表がない堀尾を悪く言うやつには会ったことがない。

「俺はまだ。堀尾は？」

「大和もか。俺もちょっと悩んでる」

きっとその悩みは俺とは次元がまるで違う。噂じゃ、堀尾は内定をいくつも持っていたはずだ。よりどりみどりの贅沢な悩みなんだろう。堀尾と話していると、どうしたって自分の中に闇が渦巻く。

「やっぱ、やりたいことをまっすぐにやるべきだよな」

堀尾の一言に俺をとりまく闇はいっそう濃くなる。

席はほとんどが埋まり、俺の近くには、なぜだか四年が固まった。就活スタートの頃は大半がマスコミ志望だったが、落ち着く先はさまざまで、次のチャンスを狙うために大学院進学を決めたのもいる。こいつらみんなが、心底やりたい仕事に就くわけではないだろう。でも、きっと俺と違うのは、その中にやりたいことを見出せているかどうかだ。

やりたいことと、上っ面の志望動機はなかなか一筋縄ではつながらない。

最初は俺だってやりたいことにまっすぐ向き合ってた。でも、試験に落とされ続け、受ける企業によって変わる志望動機を探りすぎて、答えをひとつに絞り込めなくなった。採用してくれた会社が行きたい会社だと言えるくらいには、スレてきた。もまれて丸くなった、と表現するやつもいる。

本当は、堀尾の言うように、やりたいことをまっすぐ貫くのがいいのだろう。それが許されるのなら。いざとなったら転職できると言われても、新卒ですらこんなにも苦戦している俺が、激戦の転職市場で勝ち抜ける可能性なんて高いはずがない。就活を進めれば進めるほど、俺は「やりたいことをしたい」のか「就職したい」のか、わからなくなっていた。その二つは、必ずしも重ならないらしいと知ったのが、就活で学んだことだ。世に言う、現実の厳しさというやつだろう。

教授は遅れているらしい。幹事役の三年が予行演習と称して、乾杯の音頭を堀尾に振り、全員がビールのジョッキやグラスを高く掲げた。乾杯のグラスがぶつかる音は、試合開始のゴングみたいなものだ。目の前に山のように積み上げられた唐揚げエビフライフライドポテトがまたたく間に消えていく。ピッチャーで運ばれてきた生ビールも蒸発するみたいにすぐ消える。ときどき爆発するような笑い声が響く。

この場所で、春からの居場所が決まっていないのは俺だけだ。

俺には武勇伝にしか聞こえない就活苦労話に愛想笑いを張りつけて頷き、ぬるくなったビールを流し込む。口いっぱいに広がる苦みに、こいつらと俺は一体なにがそんなにも違うのだろうと虚しくなる。

年内最後の面接は三日後。

これがラストチャンスかと思うと、切迫感みたいなものに、首根っこを摑まれているようだ。

遅れてやってきた辻川教授のために、また乾杯が繰り返された。早くも酔っぱらった連中が調子っぱずれの流行歌を歌い始める。

明るく賑やかな宴の中で、俺一人が、場違いに醒めていく気がした。

「しかしさ、さすが大和だよな」

締めの一皿をメニューで選びながら、堀尾が呟いた。

「なにがだよ」

「簡単には行き先を決めないっていうか」

俺が決めないんじゃない、俺だと決めてもらえないのだ。きっと、堀尾にはわからない感覚だろう。理解を求めるのも無駄に思え、代わりにグラスをあおった。

「いつも大和ってどこか違うところを見てる気がするんだよな」

俺が見当違いだと言っているのだろうか。それが、こいつらと俺を隔てるものなんだろうか。俺は干からびたフライドポテトの切れ端を口に放り込み、奥歯を噛みしめた。

焼きおにぎりやお茶漬けの注文に交じって、堀尾がカレーライスを注文した。先輩ていつもカレーっすねとの声に、堀尾は大真面目に「薬だから」と答え、場がどっと沸く。辻川教授が、カレーのスパイスは、漢方薬の成分と同じだと感心してみせると、笑い声は称賛に変わった。こんなことひとつとっても、一本芯の通った堀尾と俺とでは、なにかが根本的に違って思えた。

デザートにはサンタの砂糖菓子が載り、誰かがジングルベルを歌い出す。堀尾をクリスマスパーティに誘った三年の女子が先約を理由に断られていた。俺に予定などないとわかりそうなものなのに、話を振って恥をかかせる堀尾が小憎らしい。

きっとこいつは運の悪い俺と違って、なんでもうまくいくやつなんだろう。クリスマスにはデートし、複数の内定から一番いい環境を選べ、社会にきちんと居場所が用意されている。

「大和、年末年始は地元？」

「たぶん。堀尾は」

「今年は残るんだ。学生最後の正月だし。自由気ままに」

それもいいな、と思えた。

実家に帰ったところで、親父とおふくろからは、就活についてしつこく追及を受けるに違いない。それだけじゃない、元旦から入れ替わり立ち替わりやってくる親戚連中のうるさ型だって黙っちゃいないだろう。正月名物エンドレス説教の餌食(えじき)になるのは面倒だ。

飲み会から帰るなり、姉に話すと、露骨に嫌な顔をされた。

「大和がいないと、風当たりが強くなるなあ」

俺は就活、姉は婚活。どちらもひとの説教心をくすぐるトピックスらしくて、誰もが頼みもしないアドバイスを授けてくれる。酒の力と場の雰囲気で延々と繰り返される説教と教訓めいた話は、新年を迎えてあらたにした気持ちを早々に消沈させるほど、煩わしい。

姉に言わせれば、俺はなんでもかんでも、真っ向から受け止めすぎるらしい。ひたすら説教を浴びる俺とは対照的に、姉は手伝いのふりをして軽やかに逃げていく。そういう要領のよさがあれば、あるいは、就活にだって役立ったのかもしれないのだが。

「父さんと母さんには自分でちゃんと説明しなさいよ」

さしあたり、一番の問題はそこだ。まともに話し合いなどできるはずがない。仕事納めの翌日に帰省するという姉は、何度も念を押し、通路に落ちていた俺のチラシコレクションの一部に金切り声をあげた。

*

いつものように地蔵に挨拶して、路地を出た。近頃は毎日のようにエナジードリンクが供えてある。地元じゃ饅頭(まんじゅう)かミカンだったが、都会はお供え物もパワフルだ。それ以前に、街角に地蔵なんてなかった気がする。

暮らして約四年、この街のすごいところは、古いものがそのまま残っているところだ。

上京するまでは東京はおしなべて都会で、どこもぴかぴかで新しく、スピードに満ちて華やかなんだろうと夢想した。受験前夜に降り立った駒込の街の、拍子抜けするようなふつうさに、俺はちょっと落胆したものだ。

こうして昼間の商店街をゆっくり歩いてみるのも、ずいぶんと久しぶりだ。コートを受けとりに成田精肉店へ向かう道すがら眺めてみれば、古びた中華料理屋にはプラスチックの食品サンプルが並び、履物屋の軒には健康サンダルが吊り下がり、路地には豆腐屋の豆の香りが漂って、喫茶店には癖字で書かれたモーニングメニューが貼り出されている。都会のはずのここの方が、地元よりもずっと昔ながらの暮らしが残っている。

駅から延びる商店街がきちんと商売を続けているのにも驚いた。地元の風景はいつの間にか街らしい顔をなくして、どこに行ってもある店の連なりに塗り替えられた。でも、東京では、そういう古いものと新しいものが、ちょうどよいバランスで共存しているように思える。都内のあちこちでこんな風景をよく見かける。新しいものだけじゃなく、昔から受け継がれてきたものにある魅力に、俺はこの街で改めて気づいたような気がする。見渡せばそういうものは身近にいくつも見つかり、そんな温故知新の志を表現に変えたチラシがカッコよく見えて壁に貼り始めた。

あのレトロなパン屋が続いているのも、この街の気風(きふう)に助けられてのことかもしれない。

商店街の真ん中を過ぎると、ベーカリー・コテンの大きなガラス窓が見えて思わず足を止めた。どのパンも丸みを帯びたやさしい形で、ほこほこと並んでいる。あんぱんに惹かれて踏み出すと、かすれた音を立てて開く自動ドアの間から、ふわっと甘い風が吹いてきた。

レジにはパンに似て丸っこい中年の女性がいた。きっと、三代目のおふくろさんなんだろう。その後ろの厨房では三代目とその親父さんらしき人物が、焼き上がりを告げるブザーの中、せわしなく動いている。親父さんは白い調理服なのに、三代目はデニムのエプロンにバンダナと軽装だ。土曜の昼前とあって、この間とは違い、パン棚にはたくさんのパンが並んでいた。フランスパンやドイツパンなんかのハード系もデニッシュ類もなく、どれも馴染み深いパンばかりだ。あんぱんはもちろん、ジャムパン、メロンパン、ぶどうぱん。変わり種としては、妙な名前のついた小ぶりのドーナツだろうか。

「出来たてがありますよ。お出ししましょうか？　大和くん、でしたよね？」

振り向くと、三代目がドーナツを山盛りにしたパン籠を抱えて、立っていた。

「新商品なんですよ。お客さんからインスピレーションをもらって生まれたんです」

噂をすれば、と三代目が呟き、あの時の姐さんが店に入ってくるのが見えた。

俺の顔を見るなり、就活は順調？　と挨拶代わりに尋ねてくる。歯切れの悪い俺の返事に、人事部だという姐さんは目を吊り上げた。

「悪いけどあなた、人事なめてますよ。薄っぺらな志望動機が見抜けないわけないでしょう。大事なのは、これですよ」

そう言って姐さんはドーナツを突き出す。指輪についた青い石がきらりと光った。

「ドーナツもひとも、真ん中が大切なんですよ。就活マニュアルも自己分析本も捨てて、あなた自身の真ん中を大切にしてみたらどうです？　それでもつながる先があなたにとって大切な場所なんじゃないかしら」

具体的に聞こうと口を開きかけた時、姐さんが店に入ってきた客の腕に飛びついた。個性的と言えばいいのか、一癖も二癖もありそうな、キリン柄のコートにマスクをつけたおばさんは、迷惑そうに顔をしかめた。

「あなた運がいいですよ。このひとすごい占い師なの。私の大事なものが実家の神棚にあるのも当てててくれたんですよ。見てもらいましょう」

キリンおばさんが頭を横に振っているのに、姐さんはお代はちゃんと払いますからと言って譲らず、ドーナツを二つひょいひょいとトレイに載せた。

「カード、そのポケットに入ってますよね。魔縫さん見てあげてください。ドーナツ分だけ、カード一枚だけで構いませんから」

ぐいぐい引っ張られ、俺はそのけばけばしいキリン柄のおばさんと向き合わされた。

「こんな客ばっかりで、ほんとつぶれるよ、この店」

言葉も服装もどぎついが、その眼力がすごい。ぎろりと睨みつけられると、なにもしていなくても、謝りたくなるような威圧感。心の奥底まで見透かしそうな眼力は、ハッタリではなかった。

「学生さんだね、そのふぬけた顔つきは。またしけた面だ。おおかた将来も決まってないんじゃないの。就職浪人みたいなオーラがぷんぷんにおうよ」

何も反論できず、ただ肩をすくめる。何度も懇願する姐さんに加えて三代目のおふくろさんまで加勢するので、魔縫さんと呼ばれたそのひとは、渋々ポケットからトランプのようなものを取り出し、一枚抜き出して、俺に向けた。

「あらやだ不吉な感じだわねえ」

おふくろさんが口元を押さえ肩をすくめる。

たしかに、いいカードには思えない。大きな塔のようなものが雷で破壊され、ひとが真っ逆さまに落ちていく絵が描いてあった。姐さんが意味はと問うと、魔縫さんは低い声で、破壊、と告げた。

「あの……、ごめんなさい。私、余計なことしちゃったみたいで」

姐さんがしょげかえった。

「いえあの、問題ないっす」

笑顔が引きつったのが自分でもわかる。破壊ってやっぱり、面接がうまくいかないってことだろうか。気づくと床の一点をずっと見つめていた。

「破壊っていっても、悪いことばかりじゃないかもしれませんよ。たとえば、そのくらい大きな変化ってことかもしれないし」

三代目の言葉は余計に俺を落ち込ませる。変化とは、環境の変化、つまり地元に戻ることを意味しているようにも思え、となると、あの塔は東京、落下する人間は都落ちして地元に戻らざるを得ない俺そのもののようにも思える。それは当然就職の失敗も意味しているわけだが、確かめようにも、姐さんと魔縫さんは連れ立って店を後にしてしまっていた。重苦しい空気から逃れるように、おふくろさんもあれこれ理由をつけて厨房に引っ込んだ。

「大和くん。もともとやりたかったことがあったんじゃありませんか？」

三代目の問いかけに、チラシコレクションが頭に浮かぶ。熱いメッセージを短い言葉とビジュアルに込める広告代理店に憧れた。三代目は俺が話し始めるのを、せかしもせず、じっと待ってくれていた。

「……俺がやりたいと思ってても、会社も業界も俺はいらないみたいっす。やりたくても、できないんすよ」

広告業界に焦点を絞って落ちまくり、間口を広げて、チラシコレクションの発信元企業を手当たり次第に受けたが、社会の中に俺の居場所は見つからなかった。自己分析を重ねて自分を知るっていう作業は、つまるところ、自分の限界も知ることなんだと思う。高すぎる理想に自分が届かないっていう現実を知ること。

志望度が下がるごとに気持ちも少しずつ冷めていった。

誰かと比べるなとか、個性を大切にしろ、と助言されてきたが、そんなに際立った個性など備わっていない。俺に限らず、誰もに備わっているものとは思えなかった。面白いやつもリクルートスーツに身を包むと別人みたいにおとなしくなったし、先に就職した先輩たちだって、強い個性で押し通したようなひとは見当たらない。むしろ、誰もが就活を経て平板になった感じがした。

俺たちと社会人の間には大きな川のようなものが横たわっているんじゃないだろ

うか。浅いとも深いともつかないその川をどうにか渡る時に、いろいろなものが捨てられ、洗い流され、向こう岸の人間になっていくのでは。

俺にはそこで捨てるものと持っていくものの区別がよくわからない。その、取捨選択ができるのかどうかが、社会人になれるか否かの、境目なのかもしれなかった。

「人事を尽くして天命を待つ、って言うでしょう。ひとの手を離れたところでの流れって、あるのかもしれませんよ。自分では思ってもみなかった流れになることもありますし」

三代目は不意に表情を引きしめた。

「人生って時に理不尽なことが起こります。そういう時に自分を一歩前に進ませてくれるのは、自分を信じて行動した経験なんじゃないかと思うんですよ。たとえその結果が振るわなくても」

そういえば、すずが言っていた。この男にも悩んでいた時期があったと。

「ただ、偉そうには言えなくて。俺はどちらかといえば、それができてない側の人間なので」

猫背をさらに丸めて、三代目は頭を掻いた。

「やりたかったのは、パン屋じゃない、ってこと?」

「過去形では。今は、俺にその資格があるのか」

そう言って三代目は、壁の額縁を指さした。中の茶色い紙は昔の新聞の切り抜きだった。

「この店は俺のじいちゃんが始めました。あんぱんから始まって、ジャムパン、クリームパンと、だんだんメニューが増えていって、近所のひとたちに愛されてました」

濃い色のセーターとズボン姿の男は下駄ばきで店を背に腕組みし、横には着物に割烹着をつけた奥さんらしきひとが柔和に微笑む。音羽喜八氏とキャプションのついた若かりし初代は、三代目と目元がよく似ているものの骨太な印象で、白い歯を見せて笑っていた。

「去年の夏に亡くなりました。じいちゃんは店を継いでほしかったろうと思います。でも俺はその時、別の道を歩いていたから。じいちゃんに認められてないんですよ」

三代目は、新聞記事の真下に置かれた、コーヒーミルに手を置いた。よく見ればそれはずいぶんと古ぼけていて、文字らしきものもとれかかっている。

「じいちゃんの店と味を守らなくちゃいけない。でもこんな俺にできるのかって、悩むんです。じいちゃんや親父の時にはパンの消費は右肩上がりに伸びていました。でも、もう頭打ちです。米を含めた主食の消費量はこの四十年で約半分になっているんです。パン屋の数も年々減っています。スーパーやコンビニでパンを買う人が増えたし、材料の高騰が進む中で、大手製パンメーカーの価格競争には太刀打ちできませんからね」

「つまり、経営が厳しいってことすか」

そういえばあの日も、安い粉を試すと話していた。三代目は俯き、なにかを思い直すように、頭を横に振った。

「それでも、繁盛しているパン屋はあります。俺自身の問題なんですよ、たぶん。きっと自分のパンが作れるようになればいいんです。ただそれを見つけられなくて。じいちゃんは俺のパンも食べてないから、なにを手がかりにしたらよいかもわからなくて。あのドーナツも、理想に届かないまでもまずは一歩をと背中を押されて、ようやく作ったんです」

なにか、ヒントになるようなものはないだろうか。俺は店の中を見回す。この店に似合う、なつかしい食卓の傍らにあるようなものが。

「カレー、は、どうっすか。カレーパン」

「作っていませんね……。昔からのお馴染みさんは店と同じでお年を召してるので、油物を増やすのはためらってしまいますし。それに」

三代目は目を伏せて、眉根を寄せた。

「カレーは、恐ろしい食べ物だから」

「あいつ、そんなこと言ったのか」

近隣一帯に揚げ物の香ばしさを振りまく成田精肉店の店先で、相変わらず半袖姿の肉屋が怪訝（けげん）な顔をした。コロッケを揚げるもうもうとした蒸気に包まれているとはいえ、開け放った店先と作業場を区切っているのは、ガラスケースひとつのみだ。見ているこちらが震えそうなTシャツ姿を、オープンマインドが肝心だからと肉屋は自慢気だが、コロッケを揚げているおばちゃんはもこもこのセーターを着込んでいる。その開かれた精神からなのか、俺の顔を見るなり、おお大和、と旧知の仲のように呼び捨てする気安さがこそばゆかった。コロッケが全部揚がるまで待つよう言われ、俺は店先のくたびれたベンチに腰かけた。

「恐ろしい、って、おふくろのカレーには勝てないとか、そういうことっすかね？」

　のんびり尋ねると、肉屋は手元の牛刀から目を逸らさずに、答える。

「違うだろうなあ。おふくろのカレーの再現なんて、簡単なんだぜ。家庭のカレーの味ってのは、だいたいルウの味だからな。ルウの銘柄を教われば一発だ」

　大きな肉の塊を切り分けていく一連の動作には無駄がない。

「油物って言ったって、そこらのじいさんばあさんもコロッケ買ってってくしなあ」

　お客様と言いなよ、とおばちゃんは一喝して、手早くコロッケをひっくり返す。

「ほんっと、和ちゃんは、まっすぐな子だからねえ」

　肉屋が口をへの字に曲げて、肉をガラスケースにしまった。鮮やかな肉の色はケースごしに見ても明るい。あんないい肉、しばらく食べていない。

「そんなのカレーと関係ねえだろ」

「何言ってんだい、おおありさ。お前は昔馴染みのくせに知らないのかい。和ちゃんが勉強してたフランス料理にはね、カレーってのはないんだよ」

三代目はかつて、フレンチの料理人だったらしい。

おばちゃんがコロッケをバットに移し始めた。あうんの呼吸で、肉屋が買いに来た小学生くらいの女の子にコロッケを手渡す。女の子はリュックにつけたぼろぼろのマスコットを揺らしながら、コロッケにかじりつく。はふはふと食べるその口元がほころんでいる。

「あたしは前に頼んだことがあるんだよ。フランス料理式の、おいしいカレーの作り方を教えてくれって。そしたら和ちゃん、フランス料理にはカレーがないからって、別の秘訣を教えてくれたんだよ」

こんがり揚がったコロッケは、アルミのバットの上でジュワジュワと余韻を奏で、湯気をまといながら、なんともいえないうまそうな香りをあたりに放出する。肉屋が俺にも紙に包んだコロッケをひとつくれた。

かじりつくと痛いほどにまだ熱い。たっぷり練り込まれた挽肉のうまみをじゃがいもがしっかり受け止めている。ガラスケースの上に無造作に置かれたソースをかけると、ほくほくのじゃがいもにソースがしみて、またうまい。揚げたそばから次々と売れていくのも頷ける。おばちゃんはしみじみと呟いた。

「あの子はまっすぐな子だから、きっと学んだ経験のないものを作るってのに悩んでんじゃないかねえ。おまけにあの凝り性だろう？　ルウなんか使わずに、中身のカレーから全部作りそうじゃないか。そういや言ってたよ、カレーはなんでもカレーになっちまうって」

「なんでもカレーになるんだったら、かえっていいんじゃねえか？」

「あたしもそう思うけどねえ。和ちゃんには和ちゃんの考えがあるんだろうさ」

おばちゃんがコートをとりに奥の住居へ消えると、肉屋がもじもじと居住まいを正した。

「ところでよ、実は、あんたを男と見込んで、頼みたいことがある」

コロッケに心を奪われていた俺に断る術(すべ)などなかった。

3

ベーカリー・コテンには、閉店間際でも客がちらほら飛び込んでいった。

だんだんと少なくなっていくパンは、窓際の棚から中央の台に集められていく。

それでも、奥の厨房からはまだ時々、焼き上がったパンが補充されることもある。

売れ残れば廃棄されるだろうに。それもパン屋の経営を圧迫する一因になりはしないのかと案じた。

すずはエプロン姿でにこやかに接客をこなし、手際よくパンを袋に詰め、会計を済ませて送り出す。変わった様子などなにもないし、近くの路地にも怪しい輩など気配もない。そう報告しても、肉屋は電話の向こうで声を強張らせた。確認の電話はもう二度目だ。

《閉店したら十分くらいで出てくるはずだ。妙な動きをしてるやつがいないか、よく見ておいてくれ》

肉屋の頼みというのは、すずの見守りだった。バイト帰りの道のりを見守ってほしいという。ベーカリー・コテンから成田精肉店までのおよそ徒歩五分に、なにがあるとも思えないが、視線を感じるというすずの言葉に敏感に反応している肉屋は頑として譲らない。

「とりこし苦労じゃないすか？　それに万が一なにかあっても彼女なら」

俺が出張っていくよりも、自力でカタをつけられるんじゃなかろうか。

《なにかあってからじゃ遅えから、頼んでんだ。ま、シロに近いだろうが、和久の様子もよっく見ておいてくれ》

「三代目を？　だって雇い主でしょ？」

雇い主がわざわざ尾行する意味がないし、話せない仲でもないだろうに、肉屋はよほどの心配性と見える。肉屋は閉店しているのだから自分で確かめればよさそうなものだが、ここらの住人には顔が割れていると言って、俺が駆り出された。

荒い息が通話口に当たって、ぼっ、ぼっ、とノイズを立てる。

《刑事ドラマではよ、だいたい、油断させようとするやつが犯人なんだよ。あいつ、すずの思い違いだとか、五分くらいだから問題ないとか言ってやがったからな。念には念を入れてくれ》

高校生の頃なんて、誰でも自意識過剰気味なものだ。たしかにすずはかわいい方だが、十人いたら平均的なくらいで飛び抜けてはいないし、色気というよりは小さきものの持つ愛らしさに近い。世の中にいろいろな好みはあるだろうが、肉屋の独り相撲のようにも思えた。もっとも俺には都合がいい。たかだか数十分散歩するだけの簡単なお仕事。報酬の山盛りコロッケで一、二回の料理当番が乗りきれる。

再び着信を知らせるバイブに、俺はうんざりして反射的に通話ボタンを押した。

「だから、こっちはなにもないっすよ」

《なにがなにもないんだ》

予期せぬ声に思わず画面を二度見した。肉屋だろうとうっかり出てしまったのは、一番話したくない相手だった。

《なにもないんなら、帰ってこんか》

「いやその、まあ、いろいろあって」

突然のことに、考えていたはずの言い訳が出てこず、しどろもどろになる。親父の声には苛立ちが混じっていて、おふくろがなだめているらしい声もかすかに聞こえる。何度か来ていた着信を無視し続けていたのも、癇にさわっただろうか。胃のあたりが凝り固まったように重くなった。

《なんでお前は帰ってこんのだ。正月くらい帰ってきて、ご先祖様に手え合わせんか》

　次第に声が荒くなる親父から奪うようにして、おふくろが電話口に出た。

《お父さん心配してるから。大和の顔見ながらこれからのこと相談したいって言ってるし、ひとまず帰ってきたら？》

「これからったって、まだ終わったわけじゃねえし。まだ面接もあるし」

　帰ったあとのことはだいたい想像がつく。

　地元も東京もどちらも同じようにひとの住む街なのに、なぜだか流れる空気は違っている。澄んでいるはずの地元の空気よりも、ここの方が大きく息を吸い込めるのは、新しいものも古いものも、同じように受け容れてくれる素地があるからに思える。

　地元では、決してそうはいかない。少なくとも、あの頑固親父の頭の中では。

　あらかじめ答えを用意されたような選択肢の中に、自分を当てはめるのは、嫌だった。でも俺がここにいていい理由を見つけられない以上、親父を納得させられる申し開きはできない。だからこそ、留守電に帰らないとだけ、吹き込んでおいたのに。

コテンの中で、すずがエプロンを外すのが見えた。

「じゃあ俺、ちょっと忙しいから」

《まだ話は終わっとらん！》

怒声に鼓膜がびりびりと震えた。いつの間にか話し手が交代していたらしい。こういう時向こう側が見えないのは厄介だ。とはいえ、いつまでもつきあっているわけにもいかない。

すずが店を出た。イヤホンをつけて、あの路地を歩き出す。

電話の向こうではまだ親父ががなり立てている。

《だいたいお前は、盆にも就職活動だなんだと帰ってこんかったろ。節目節目に挨拶もせんで何考えとる。長男たるもの……》

「その話はまたあとで聞くから」

気を揉みながら、なるべく穏便に話を終わらせようとするが、親父はすっかり説教スイッチが入ってしまっているらしい。

《そうやって先延ばしばっかりしよってからに。東京なんぞでチャラチャラしとるからそんなことに》

歩き出したすずの後ろに、すっと人影が重なった。もう躊躇（ちゅうちょ）していられない。

「親父ごめん！」

俺は電話を切ると胸ポケットに突っ込み、距離を置きながらゆっくり歩き始めた。

影はすずから五、六メートルほどの距離を保ち、徐々にその間合いを詰めているように見えた。尾行だとはまだ断定しきれない。背格好からは男だろうが、近隣に住むサラリーマンがたまたまこのタイミングで帰宅するところだとも考えられる。

履き古したスニーカーは具合よく馴染んで足音を立てない。それでも俺は細心の注意を払って二人の様子を観察しながら後を追った。ひょろりと背が高く、風で吹っ飛びそうなほど細いその姿に三代目が思い浮かんだが、歩き方が違う。あの三代目が、肩をいからせるようにして歩くはずがない。

男はすずのすぐ後ろまで迫っていた。あと数歩だろうか。手を伸ばせば、届く距離に思える。思い違いなどではなく、この男は明らかにすずを追っている。道の左右にふらふら歩くすずと、男は歩調を合わせている。確信するなり、俺は歩みを速めた。

背後から、男の肩を摑もうとしたその時、胸ポケットでバイブ音が派手に着信を告げた。男はすぐさま振り向き、軽く舌打ちをすると、走り出した。

すずの横を通り過ぎるその時、男は腕を摑まれて体勢を崩し、大きなかけ声とともにゴミステーションに投げ飛ばされた。プラスチックのゴミバケツが派手な音を立てて転がった。

「あれ、お客さん……！」

男の顔を見たすずが、驚きの声をあげた。

＊

「僕は、あなたをずっと見ていたんです」

コテンに連れて行かれた男は、悪びれるどころかむしろ上機嫌に、すずではなく、三代目に向かってそう言った。時折コテンを訪れていた客らしい。そういえば見覚えがあり、俺がここにはじめて来た時に、閉店時間を尋ねていたあの男だった。

予想外だったのは、それこそ牛刀を振り回してくるのではと心配していた肉屋が、殊の外冷静なことだった。その静けさがかえって不気味なほどだ。俺たちはレジ机のまわりに並べられたスツールに腰かけて、三代目のファンだと言い募る男と向き合っていた。

「おう。そろそろ、茶番は終わりにしようや。本心とやらは別にあんだろ？」

肉屋が射すくめると、男は一瞬黙って、手のひらを天井に向けた。

「さすがは商店会青年部部長ですね。言い逃れは無理というわけですか」

青年部部長という言葉に肉屋の眉が跳ね上がった。男がゆるんでいたネクタイを整えると、それまでとはまとっている空気が一変した。

「で、なんでうちのかよわい妹を追い回した」

「追いかけはしましたけど、かよわくはありませんね」

男は吐き捨てるように言って、腰をさすする。口には出さないが俺も同感だ。肉屋が指をぼきりと鳴らすと男は焦って言い足した。

「お店の内情を知るには、末端の従業員から聞き出すのが一番だからですよ」

　男は三代目を見据えると、さっきまでよりも低い声で語りかけた。

「創業昭和三十五年、ベーカリー・コテン。初代、二代目と続いてきたこのお店を継ぐべきかどうか、あなたは迷っていらっしゃる。そうですね？」

　奥から、パン屋の親父さんが顔を出した。男は構わずに話を続ける。

「この規模のお店にしては頑張っていらっしゃる方だと思います。でも、常連さん中心で、顧客層の高齢化も進んでいる。失礼ながら、商品にも目新しさはない。地域のひとに愛されていても、既存顧客を上回る新しい顧客の創出には至っていないのではありませんか？　それは売上に顕著に出ているはずですよね。だからおそらく、二代目も、三代目に店を継ぐよう強くは言えない。違いますか？」

　パン屋の親父さんは三代目の背後に立ち、無言で腕を組んだ。否定も肯定もないのは、きっとそれがおおむね間違っていないということなんだろう。男は名刺を差し出す。

「播磨（はりま）商会？　……たしか、ベーカリーカフェの」

　受けとった三代目が、このところよく見かける店の名を呟いた。安くて簡単に食事ができると評判のチェーン店だ。大学のそばにも店があって、毎月出る新しいパンと、季節を取り入れたメニューで人気がある。少なくともこの店に比べたら、賑わっているように思える。

「どうでしょう。このうらら商店街の中心に、特段活気のある店舗が現れたら。それは、同心円状に波紋を描いて、商店街全体に活気を与えることにはなりませんか」

パン屋の親子も、肉屋兄妹も、みな息を詰めて男の話に耳を傾けている。

「フランチャイズ、ですか」

言葉を嚙みしめるような三代目に、男は破顔して畳みかける。

「昔ながらの、代わり映えのしない商店街に、新しい風を吹き込む。その風にあたがなるんです。ここは絶好のロケーションですよ。ベーカリーカフェの業態は最適でしょう。朝夕の通勤通学の時間帯は立食スタイルでお客様を回転させ、日中は固定客向けに販売中心。本部から毎月新商品のレシピを届けますし、材料も提携価格で仕入れられます。もちろんロイヤリティはありますが、うちがお手伝いすることで売上は確実に改善するはずです」

険しい表情を崩さずに、三代目が尋ねた。

「ただ、コテンの名は、消えてしまうのですよね？」

「形としてはそうなりますが、考えてもみてください。名前よりも、あなた方にとっては初代のパンそのものが引き継がれることの方が大事ではありませんか？　他社と違ってうちではオリジナルメニューも毎月五点までメニューに組み込んでいただけます。各店舗による差別化を図っていくのもうちの強みなんですよ」

きっと何度も同じ質問に答えているのだろう。少しの淀みもない。

男が分厚い資料を差し出し、前向きにご検討を、と言い添えて立ち去ったあとも、店の中にはまだ重い沈黙が続いていた。

「お前の好きにしたらいい」

口火を切ったのは、パン屋の親父さんだった。

「たしかに、ここらが潮時かもしれん。もともと、俺の代で畳む覚悟だった店だ。和久、お前の好きにすればいい」

三代目は唇をぎゅっと噛みしめて、資料を見つめている。

「でも、俺はまだ店の名前の意味もわかっちゃいない。じいちゃんが店に込めた思いをきちんとわからないまま、なくしてしまうのは」

「個店、でしょ？」

みんなが俺に注目した。

「え、違うんですか？　個人商店の、個店、てことじゃないの？」

「誰も知らないんですよ、名前に込められた意味」

すずが答える。初代は頑固爺で、説明など一切せず、二代目もパン作りを教わったことはなく、傍らでずっと研鑽(けんさん)を積んできたのだそうだ。店の名前についても、誰も、その真意を知らないというから、驚く。

親父さんは、ゆっくり考えるといい、と三代目の肩に手を置き、背を向けた。きっと、自分がいては話し辛いと、気を遣ったんだろう。

二階へ上る足音が遠ざかっていくと、肉屋が切り出した。

「ひとさまのことに差し出がましいが、まあ、悪い話じゃ、ねえよな。ここらでさっと飲み食いできる場所が増えればたしかに繁盛するだろう。あがりを納めても、たぶん今よりは」

「でも……！」

食い下がるすずの肩に、手を置いて頷く。

「悔しい、だろ？　そりゃ、俺もだ。じいちゃんにはこっぴどく叱られたもんだが、世話にもなったしよ。そこでだ、和久」

肉屋は三代目にぐいと詰め寄った。

「あの話、進めてみるってのはどうだ」

「あの話って」

「カレーパンだよ。大和から聞いた。恐ろしいとか言って、断ったんだろ？　でもやってみる価値はある。カレーなら、成田精肉店の名にかけて協力させてもらうしよ。前に母ちゃんがお前に教わったろ。うまいカレーの秘訣は、うまい肉なんだろ？」

歯をむき出して、肉屋が力こぶをぴしゃりと叩いてみせた。

「ありがたいけど、うまいカレーと、うまいカレーパンは違うんだよ」

三代目は、大きく息を吐きだすと、ゆっくり話し出した。

「カレーと言われて、想像する味は一人一人違う。具材はもちろん、スパイスの配合、辛さも。たとえば、カレーのメインの具は？」

「うちは牛だよな」

肉屋兄妹が顔を見合わせる。

「俺んちは豚っすね」

「うちは圧倒的にチキンだけど、そう聞くだけでも思い描くカレーの味が変わるだろ。関西は牛肉が主流、関東は豚肉が多いし、あちこちから来ているひとが住む東京では」

「で、でもよ。カレーはなんでもカレーになるって、母ちゃんに言ってたろ？」

「たしかにカレーはなんでもカレーになる。そもそも、カレーという定義も、語源も、曖昧なんだ。一般にはインドに起源を持つ、スパイスをさまざまにブレンドした煮込み料理のことをカレーと言っているけど、俺たちがふだん食べている一般的なカレーは、イギリス経由で日本に伝わってる。それに東南アジアにも独自の発展を遂げたカレーはいくつもある。それらすべてが、ひとくくりにカレー、と呼ばれているんだよ。幅が広すぎる」

三代目は目を伏せたまま淡々と、説明を続ける。

「辛みの問題もある。辛みは、他の味覚と違って味を伝える神経じゃなくて、温度や痛みを伝える神経を刺激するらしいんだ。だから、経験を積むことで耐えられるようになるし、それに応じてどんどん辛いものを求めるようになる。痛みを止めるために脳が快楽をもたらすからだそうだ。つまり、経験によるところが大きい以上、ひとによっておいしいと感じる味わいはそれぞれ異なる」

「そういや、カレー屋に行くと、辛さが選べるよなあ。あれは、ひとそれぞれの辛さで食えるようにってことだったのか」

　肉屋が感心したように呟く。三代目は目線を下げて淡々と続ける。

「それだけ具も味わいも違うのに、パンにくるまれていれば、中を見ることもできないだろ。かぶりついてみて、期待した味じゃなかった時のがっかり感は、想像に難（かた）くない。あんぱんとかクリームパンとはわけが違うんだ。誰にとってもうまいカレーパンなんて幻想に近い。店から足が遠のいてしまう可能性だってある」

「だから、恐ろしいって言ってたんだね……」

　ため息交じりに、すずが呟いた。三代目は、ぎゅっと唇を嚙みしめる。

「それもあるけど、一番の問題は……、俺の発想の糸口。俺が学んできたやり方では、ソースはあくまでも脇役で、メインの素材を引きたてるために存在するんだ。でもカレーの場合は、ソースそれ自体が主役。こんな料理はフレンチにはない」

　かたくなな三代目に、肉屋兄妹と俺は、うなだれて店を後にした。

「閉じちゃうんすかね、店。なんか、悔しっすね」

「そりゃそうだけどよ。あいつがあそこまで言うんだから」

「賢兄、なんとかならないの?」

「実際、勢いのある店が商店街に生まれるのはいいことなんだけどよ。すっきりしねえよなあ」

肉屋が大きく天を仰いで、むき出しの腕を組んだ。白い息が空に上っていくのに、寒くはないんだろうか。

「商店街って、いろんな店があるから、面白いのにね」

「いろんなカレーパンがあっても面白そっすけどね」

成田精肉店に着くと、ビニール袋たっぷりのコロッケを手渡された。それは、話に聞いていた十個よりもずっと多くて、なんだか悪いような気がした。

「俺、あんまし役に立ってないのに。あいつも結局すずちゃんが」

「いいってことよ。忙しいとこ無理言って悪かったな。大和は、就職試験も近いんだろ?」

「あ」

そこではじめて俺は、重大なミスに気づいた。

*

四人の面接官はまだ若く、服装こそラフだったけれども、視線は研ぎたての刃物みたいに鋭い。その圧に負けないように、こちらも精いっぱい力を込めて、見つめ返す。真剣勝負だ。志願者サイドも四人。一人ずつ面接官と向き合う状況に緊張はびりびり増していく。

役員面接。

俺にとっては初経験で、だからこそ、気合もたっぷり入っている。改めて急成長している会社についても考えを深めて、準備を進めてきた。ただ。

ぶかぶかの黒いスーツはいかにも、見てくれが悪い。

その上、俺の二人先には、堀尾が座っている。

それだけでも気合は数十パーセント目減りしていた。

夕べ、スーツに穴があいていたことを思い出してすぐに商店街のリフォーム店に走ったが、既にシャッターは閉まり、人の気配もなかった。姉はあの夜に補修の匙(さじ)を投げていたし、自力で直せるはずもなく、見かねた肉屋が、冠婚葬祭用のスーツを貸してくれたのだ。

サイズの合わないスーツが、これほどひとを滑稽(こっけい)に見せるものだと俺ははじめて知った。とはいえ、穴のあいたスーツと比べたら、いくら間の抜けたコメディアンのように見えても、当然こちらを選ぶしかない。

小さくなって入った待合室で堀尾と顔を合わせた時は、本気で棄権を考えた。堀尾がまだ就活を続けていたことにも驚いた。内定を持っているなら来ないでくれ。堀俺がようやく手に入れられるかもしれない居場所を奪わないでくれ。そう何度も喉から出かかった。懇願しようかと、本気で考えているうちに、時間になった。

面接が始まると、堀尾が発する透明な圧は容赦なく俺をつぶしにかかってきた。堀尾は、俺が言わんとしていたことを数段まとめて話し、俺が言い淀むことを流暢に答える。この場の流れを堀尾が握っているように思えた。そして、今。

面接官は、俺に社交的な微笑みを向けている。

「あなたがここ数日間でもっとも考えてきたことを教えてください」

俺は本当に運が悪い。なんの準備もしてきていない、こういう質問に限って一番に当てられる。沈黙がひどく長く感じられた。ここ数日のことなんて、あの商店街の面々しか思い浮かばない。迷惑をかけられ、巻き込まれ、振り回されている。

ふと、姐さんの言葉を思い出した。ドーナツは真ん中が大事。それから、なんと言っていたっけ。

大きく深呼吸をして、腹を据えた。

「カレーパンです」

面接官の一人が堪えきれずに失笑する。嫌悪感たっぷりに口元を歪めたひともいる。でも俺は構わずに話した。昨日カレーパンについて話したこと、そこから考えたこと。

俺にできることなどなにもないのに、あの昔の空気をそのまま閉じ込めたようなパン屋がなくなるのはもったいないと思えた。それはもしかしたら、いつか話した時からパン屋を勝手に同志みたいに思っていたからかもしれない。自分のパンを見つけたいという気持ちは、俺がやりたい仕事につながる道を模索するのと、きっとそう遠くない。だとしたら、諦めずに、貫いてほしかった。俺が貫きたかったから。

どれだけ熱を込めて話したか覚えていない。だけど、俺の他には誰も、そんな日常の中の話をするやつなんていなくて、新しい技術についての興味関心や、時事問題に絡めた社会の考察、堀尾に至っては新しいビジネスモデルについて、ここぞとばかりにアピールにつなげていた。終わった、と思った。これできっと、強制送還決定だ。

あっという間に面接は進み、最後の質問が投げかけられた。

「あなたが仕事をしていく上で、もっとも大切にしていきたいものとは何ですか?」

堀尾が熱弁を揮う横で、俺は、ゆっくりと目を閉じた。

面接会場を出ると足早にその場を離れた。背後で堀尾が俺を呼んでいたが、聞こえないふりをして急いだ。

外へ出ると、濁ったような空が、どんよりと頭の上を覆っていた。

口から吐き出された息が、漫画の吹き出しみたいな塊になって、ゆっくり空気に溶けていく。引っ越してきたばかりの頃は、東京の冬は地元の秋みたいで、ちっとも寒く感じなかったが、あっという間に体は南の気候に慣れて、十分寒さを感じるようになった。このまま向こうに戻ったら、また体は寒冷地仕様に戻るのだろうか。そんなくだらないことばかり考えているうちに、家に着いた。どれだけ擦っても、指先にはずっと、冷たさが残った。

翌日も体が重たくて、何もする気が起きなかった。出勤する姉にスーツのクリーニングを頼み、昏々と眠り続けた。このまま、何も考えず眠りの中に溶けきってしまいたかった。

どれくらい眠っていたのか。着信に気づいた時は、もうあたりはうす暗くなっていた。

見知らぬ番号からの着信は、くぐもった声で《カレーが、うまくないんだ……》と告げた。

4

その場所はクリスマスに浮かれる、きらびやかな歓楽街の裏通りにあった。

手元のメモと住所表示を照らし合わせると、ここで間違いない。だが、目の前にあるのは、三階建ての平凡な一軒家。少なくとも、六本木（ろっぽんぎ）のデザイン事務所と聞かされて思い浮かべるような環境じゃない。表札も出ていない。おそるおそる玄関のチャイムを鳴らしながら、遅すぎる後悔を覚えた。

昨日、カレーがまずいとわざわざ電話してきたのは堀尾だった。翻訳すると体調がよくないという意味らしく、頭痛があってやたらと寒気がするのだという。

《大和にしか頼めないんだ》

くぐもって弱々しい声が懇願した。連絡先を知らせた覚えはないと困惑する俺に、自分の代わりにアルバイトに行ってほしいと勝手なことを告げた。

《ゼミ卒業生の寺山（てらやま）さんて人がいる。彼女を訪ねて》

俺に質問の暇も与えず、大和が適任だからと言い張り一方的に住所を告げると、派手な咳を撒き散らかして電話を切った。堀尾のクリスマスイヴの予定とはこのことだったらしく、予定がない俺が不名誉なピンチヒッターに選ばれたのだろう。

玄関先に現れた寺山さんの土気色の顔におののいた。

一歩中に入ると、たしかにそこはオフィスだった。広い居間らしき空間にはずらりと机が並び、OA機器のオゾン臭の中、十人ほどのスタッフがそれぞれのPCに向かっていた。その誰もが、寺山さんと同じように顔色が悪い上、明らかにやつれている。目がどんよりと生気を失っていたり、逆に吊り上がって小刻みに体を動かしていたり。空間にはマウスのクリック音とキーボードを叩く音が響く他、念仏みたいな独り言も聞こえる。

よく見れば、ＰＣの横には、教科書で見たことのある彫刻のミニチュアとアニメキャラクターのフィギュアが組み合わさって飾られていたり、積み上げられた紙の束が今にも雪崩を起こしそうなほど傾いていたり。足元気をつけて、との注意に下を見れば床に寝袋が転がっている。仮眠中らしいが、白目をむいていて、思わず呼吸を確かめたくなる顔色。控えめに言って混沌（カオス）だ。

どんなアルバイトだろうと身を硬くしながら、寺山さんにならって寝袋を跨ぎ、部屋の奥の、サンルームのような一角に入った。

天窓が開いていて、部屋の大部分を占める白いテーブルに、まっすぐに光が落ちてくる。打ち合わせ用のスペースなのだろうか。他と違って、ここだけが整理整頓されている。それでも机の端には、ポスターやチラシが無造作に重ねられていた。

その中の一枚に俺は釘づけになった。部屋のチラシコレクションとよく似た雰囲気のポスターは、和風のイラストと洋風のデザインや写真をミックスしたなんとも個性的な雰囲気だった。それもそのはずで、紙の端に記された広告代理店名は、俺の第一志望先だった。主張あるこの広告シリーズに惚れ込み、玉砕した。

「それ、素敵でしょ。親方の仕事。あ、ふつうの言い方だと社長っていうのかな」

ほどなくして俺はその「親方」直々（じきじき）に、任務を仰せつかった。

仕事内容は実に簡単。昼食の買い出しだ。

「いいメシ。望むのは、それだけ」

白髪交じりの短髪に手をやる親方の、いかにも気難しそうな視線に貫かれて、腰が引けた。羽織った小花柄シャツの中には、浮世絵をパロディにしたTシャツがのぞく。強面に花柄のミスマッチが親方の難解さを際立たせているような気がした。

「いい、って、どういうものが『いい』にあたるのか……」

びしっと親方が俺を指さす。

「それを考えるのがキミの仕事。いいメシはいい仕事を作る。キミはたかがバイトと思ってるかもしれないけど、かなり重要な任務を任されているから。ふつうの会社と違って、うちはそれぞれが個人商店みたいなものだから取り換えがきかない。スタッフ一人一人がいい仕事できるかどうかは、キミが選ぶメシにかかってるってこと」

口の端に、にやりと笑みを張りつけて、先払いだと財布から一万円札を抜き出した。

「といっても、変なもの食べさせられちゃ困るから、あとは寺山に聞いて」

目の下に真っ黒なクマを張りつけて、連日コンビニ飯だと飽きるんだよ、と寺山さんはぼやいた。このへんのテイクアウトやデリバリーはすべて食べ尽くした、と豪語するのも嘘ではないだろう、部屋の隅に積み上げられたビニール袋にはその形跡がしっかり残っている。

「ゴミ出し当番決めてるんだけど、みんな仮眠を優先しちゃうの、本能には勝てないのね。年末進行って言うけど、クライアントは最後まで粘るから。帳尻合わせは結局私らだからさ」

今年のうちに終わらせたい案件が山のようにあり、みな、泊まり込みで作業を続けているらしい。仕事ってこういうもんなのかと、背筋がぴりっと引きしまる。

「もう少し教えてください。どういう基準で選んだらいいか」

「一言で言えば、食べやすいもの。仕事しながら食べられるように、できれば片手で食べられるもの。箸も使わなくていいと助かる。なるべくおいしいものがいいけど、チキンとクリスマスケーキは禁止」

今日もっとも手に入りやすいおいしいものはその二つだろうに。不思議に思って尋ねると、寺山さんは、うちのクリスマスは二か月前に終わったよ、と力なく笑った。今手がけているのは、二月から春先の案件なのだという。

「因果な商売だよ。季節感を表現するのに、作る方は先取りばかりだから。おかげで時季に合った季節感なんてなくなった気がする」

体に刻んでる時を巻き戻すわけにはいかないの、という寺山さんの言葉は、仕事にプライドを持つひとの言葉だと思った。

「あとは、強いて言えば、驚きがあったら理想的」

「驚き……すか？」

「あくまでも理想だから。無理言わないから大丈夫」

　驚き。

　少なくとも、食べ物に使う形容詞じゃない。思い浮かぶのはゼミでやった闇鍋くらいのものだ。だがまさか、そういうわけにはいかないだろう。記憶の底をあさっていて、ふっと、思い当たった。俺の中には、きっとうまくいくに違いないという確信が生まれていた。


　数時間のち、事務所に戻った俺を待ち受けていたのは、空腹のあまり苛立ちを募らせた集団だった。指定された二時には十分ほど遅れたが、両手に抱えた袋はまだあたたかい。きっと喜んでもらえるはずだと意気込んで、俺はサンルームのテーブルにそれを並べ始めた。

　集まってきたひとたちは、テーブルいっぱいに並んだ昼飯に、言葉もないようだった。顔を上げてそのテンションの低さに驚く。渋面に次ぐ渋面が俺を見つめていた。腕組みをした寺山さんが不機嫌そうに指さした。

「バイトくん、私の目が狂ってなきゃ、カレーパンに見えるんだけど。しかもこの山みたいなの全部？」

「はい。これだけの数っていうのはさすがに大変でした。揚げたてが一番おいしいっていうので、肉屋にも協力してもらって、大きいフライヤーで一気に揚げてもらったんすよ。すみません、移動に手間どってちょっと遅れちゃいましたけど」

「どうしてカレーパンなの？」

「まず、季節感がない方がよさそうだってことと、カレーパンはかじってみないと味がわからないので、驚きに通じるかと思って。しかもこれ、普段は店に並ばないレアメニューなんすよ！　無理言って作ってもらいました。……あの、もしかして駄目でした？」

話すたびに、どんどん冷えていく場の空気に、俺は不安を覚えた。寺山さんの指先が、肘にぎゅっとめりこんでいく。親方が、ガシガシと頭を掻きむしった。

「しゃらくせえなあ。駄目もなにも、これしかないんだろ」

ひったくるようにしてつかつかと席に戻るひとや、うつろな目で穴があくほど見つめるひとに、身をすくめた。みんなが机に戻ってもテーブルにはまだかなりの数が残っていた。

失敗してしまっただろうか。傍らの椅子に腰かけた俺は、不安げに送り出してくれた三代目と、快く協力してくれた肉屋の顔を思い浮かべて、膝の上の拳を固く握った。

「やだ、なにこれ」

声をあげたのは、寺山さんだった。おいしい、と言いながら、一口ごとにカレーパンを凝視し、目を輝かせる。

「野菜たっぷり、チーズが利いてて。ブロッコリーのこりこりした感じがたまらない」

「バイトくん、カレーパンて何種類かある？　僕のは挽肉と茄子で、キーマカレーぽいんだけどトマト感がすごい」

「こっちは甘いっす。カレーのスパイスっぽい香りだけど、具ってフルーツ？　甘酸っぱくて、菓子パンみたいっす」

「俺のうまいよ。ごろごろソーセージ入ってて、カレーソースみたいなの甘辛で絶品」

「うそ、みんな食べてるの同じカレーパンじゃないの？　私のって明らかにグリーンカレーだけど」

　他にも、魚のダシが利いたもの、真っ黒なもの、中身に関する情報が飛び交う。たまらず、手元のカレーパンを摑んだ。

　かじったとたん、大きな塊にいきついて、驚いた。じゃがいも？　いや、やわらかい。ぎゅっとあふれてくるカレーにまみれてよくわからないが、肉だろうか。ひたすらうまみを噛みしめている気がする。にしてもこんなにやわらかくて、うまみだけがあふれてくるような肉なんて、今まで食べたことがない。確かめている間にカレーパンは消え、もう一個にかじりついてみると今度は、野菜がごろりと舌を転がったり、うずらのゆでたまごが飛び出したりした。さっきとはまったく違う。

「してやられたね。同じ見た目でも、一筋縄じゃいかないってか。大した仕事だよ」

親方がしみじみと言う。

「いい仕事ってさ、いいメシが作るんだよね」

事務所を見渡してみれば、相変わらずみんな目が落ちくぼんでいるものの、その瞳には生気が満ち、笑みを浮かべて互いのカレーパンの話に花を咲かせている。

いいメシがいい仕事を作る。

本当にそんな気がしてきた。明らかにさっきまでとは、彼らの顔つきが違っている。

彼らは競うようにおかわりし、カレーパンの山はあっという間に消えた。

「ただのパン屋の仕事じゃないな」

親方に尋ねられ、かつてフランス料理の修業をしていたパン職人だと話すと、彼は何度も頷きながら呟いた。

「落書きと同じだな」

首をひねる俺の前に親方は、線の刷られた紙を持ってくると、ペンを握った。

「この機械で引いたまっすぐな線と、こうやってフリーハンドで引いた線とでは、現れる線の表情が違うだろ。どっちがいい悪いって話じゃない。ケースバイケースだし、好みもある。でも俺はさ、こっちの、歪んだり揺らいだりする落書きみたいな線の方が､味わいがあって好きだし､楽しいんだよね。真剣に準備して取りかかった時より、ささっと描いた手描きのラフの方がずっといい線が引けたりもする。人間も同じだよね。まっすぐ目的に突き進むのも、揺らぎながら進むのも」

そして、ぽつりとつけ加える。

「人間だから揺らぐんだよね。きっと」

噛みしめるように、親方はしばし目を瞑った。

「カレーパンひとつで、こうも鮮やかな仕事を見せられちゃあ、俺たちも負けてられないよなあ」

全員が一斉に親方を見る。どの目もきらきらと輝いていた。

＊

翌朝、東京には雪が舞い、景色はうっすらと白く染まった。

姉は交通情報をＳＮＳで検索しながら早めに家を出た。ぼんやりしている間にすぐに時間は過ぎ、ふと思い出した俺は堀尾に昨日のバイトの報告を入れた。

電話口に出た堀尾は四十度近くの高熱が続いていると言い、バイト終了の報告にほっとしていたものの、受け答えが心もとない。

「大丈夫か？　メシは？」

《あるある。粉と塩があるから、熱下がったら、うどん、でも、打つし……》

ごとん、と音がして、切れた。

何度かけ直してもつながらず、家中をひっくり返して見つけたゼミ名簿を摑んで、家を出た。ふと目に留まった地蔵から、供え物のエナジードリンクを摑み、賽銭箱に百円玉を投げ入れて、駅へ急ぐ。

ひっきりなしに流れる遅延や運休のアナウンスが話し声に掻き消されるほど、駅は混雑していた。もみくちゃになりながらホームを目指す。一人暮らしだという堀尾の家までは、電車を乗り継いで約一時間。ただでさえ時間がかかるのに、雪で乱れたダイヤがもどかしい。

乗り換える電車を待つホームで、知らない番号からの着信があった。用心しつつ出ると、先日の外資系ベンチャーの人事担当者だった。背筋が否応なく伸びた。

《急なことで申し訳ないのですが、午後四時までに弊社にいらっしゃることは可能ですか。最高責任者に会っていただこうと思うのですが》

腕時計はまだ十二時。服装は普段着のままでよいという。堀尾の家まで往復しても、まだ余裕はたっぷりとある。

いい知らせに、違いない。噂じゃ、社長との短い面接で内定を告げられるとも聞く。

ようやく、俺にも運が向いてきた。

電話を切り、ポケットの中のエナジードリンクを握りしめた。どうしたってにやつく口元を抑えきれず、下を向いて電車に揺られた。

混雑した電車は、今日ばかりは快速から各駅停車に変更になり、堀尾のアパートの最寄り駅に着いたのは一時半だった。辿りついたアパートで、堀尾はエナジードリンクを差し出す俺を見て、真っ赤な顔で目を白黒させた。

無理に上がり込んだ堀尾の部屋は散らかっていた。コンパクトな1Kで、部屋の中央に置かれた背の低いテーブルにはカレー味のカップ麺の残骸とペットボトルが散乱していた。

コンビニで買ってきたおかゆを電子レンジで温めて、スプーンを突っ込んで差し出す。

「まずは腹に入れて。かかりつけの病院と診察券ある？　保険証も」

「意外にまめなんだな、大和って」

「慣れてんだ。俺、姉ちゃんと住んでるから。インフルエンザなら早く薬をもらう方がいい」

ゴミを片づけていると、カップ麺の下から紙が山ほど出てきた。束ねれば辞書ほどの厚みにもなりそうな手書きのそれはどうやら、面接の受け答えの草稿らしく、書きなぐっては線で消されていて、堀尾が闘ってきた跡が見えた。

運のよし悪しなんかじゃ、ないんだ。

ひとに見えないところで、堀尾は努力を重ねていたんだ。ヘラヘラした表面だけで決めつけていた自分の想像力のなさが恥ずかしくなって、堀尾から目を逸らしたまま作業を続けた。

スウェット姿の堀尾をコートにくるみ、着いた先の病院は患者であふれていた。どのひとも見るからに重症で、堀尾と同じく赤い顔にマスク、額に熱冷却シートを貼っているひとも多い。

もう二時を回っていた。でもまだ四時には間に合う。あと三十分でここを出られれば問題ない、と、少しずつ焦り出す自分に言い聞かせる。

堀尾がうわごとのように呟いた。

「大和、ありがとうな」

「別に。おかげで臨時収入もあったし」

昨日のバイトの顚末(てんまつ)を話すと、堀尾は、信じられない、と言った。

「俺も何度か行ったけどダメだったよ。さすが大和だよな。大和ってひとと視点が違ってるとこあるだろ。核心を突くっていうか」

俺の手柄じゃない、パン屋だと口を開きかけたところで、堀尾が呼ばれた。時計の針は二時半を過ぎていた。ＳＮＳで確認したところ、電車の遅れはだいぶ回復している。まだ、諦めるには早い。

やっと回ってきたチャンスをみすみす逃すわけにはいかない。薬をひったくるようにして堀尾をタクシーに押し込み、駅に急いだ。

三時発の電車に乗る。はやる気持ちには快速もひどく遅く感じられる。手に滲んだ汗がICカードをぬるりと滑らせる。最寄り駅に着いたのがちょうど四時。全力疾走して会社の受付についたのは、そこから十分ほど後のことだった。

上階からロビーに下りてきた人事担当者は、肩で息をする俺を憐れむように一瞥すると、とても残念ですが、と切り出した。最高責任者は既に社を出てしまったという。

「私たちも残念ですが……、面接の最後で守田さんは答えてらっしゃいましたね、『縁』だと。これがきっと、あなたと私たちの縁だったのでしょう。本当に、残念ですが」

俺はやっぱり、運が悪いらしい。

＊

「それにしてもよく、あんなにたくさんのカレーがありましたね」

礼に訪れたコテンのレジで、三代目は、たまたまですよ、と照れくさそうに言った。

「それに、大和くんの一言がきっかけですし」

「俺、なにか言いましたっけ？」

「大和さん、いろんなカレーパンがあってもいいって言ってましたよ？　和兄に伝えたら、それからいろんなカレーを作ってたんですって」

すずがぶどうぱんの詰まった籠を並べながら微笑みかける。あの時のカレーパンには、フランスのお惣菜をアレンジしたもの、スイスのフルーツカレーや、ドイツのカリーヴルスト、東南アジアのカレーなど世界中のカレーが詰まっていたらしい。スパイスの知識があったのが幸いした、と三代目は頬をゆるめる。

「王道のカレーパンじゃないですけどね。脇道に逸れてみたらどうなるかなって」

俺の中で、親方の言葉と、三代目の言葉がぴったり重なった。

まっすぐじゃなくても、いいんだ。

よろめいたり、脇道に逸れてみたりしたって、いいんだ。落書きみたいに。

きっとその揺らぎが、まっすぐの道のりからは見えない楽しい何かを、見せてくれる。

事務所の様子を話すと三代目はうれしそうに笑った。落書きの話も気に入ったようだ。手描きの線が楽しいという親方の話には作り手として通じるものもあるらしい。

「喜んでもらえてよかったです。俺も楽しかったし。おかげで、腹も決まりました」

三代目は息を大きく吸い込んだ。改まった様子に、すずと俺は覚悟の重さを感じとった。

「フランチャイズの傘下に入れば、材料費の無駄もなくなる。経営は確実に好転するはずなんです。経営者としては、それが最善の策だと」

すずの瞳からぶわっと涙の粒がこぼれ落ちた。俺はレジから紙ナプキンをとって手渡す。コテンがなくなっちゃうとすすり泣くすずを、早とちりだと言って、三代目が笑った。

「それが最善なのに、経営者としてはどうかと思うけど、俺、粘ってみようかと思って」

「え……？」

「店、継ぐよ。最後の最後まで、できること探してみようと思う。大和くんが言うように、コテンの名が個店ていう可能性もあるなら、やっぱり俺はそれを受け継いでおきたいし」

すずが鼻をぐすぐすさせて笑った。泣いたり笑ったり、忙しいやつだ。三代目は確かめるように俺に言った。

「きっとひとつの答えに縛られることないんですよね。答えがあるなんて幻想に引っ張られることもないんです。答えなんてないんだから。それに大和くんに言われてカレーパンを作ってて、気づきました。やってみないとわからないからこそ、感じる面白みもやりがいもあるんだって」

「また、あのカレーパン、食えますか？」

どのカレーパンですか、と三代目は苦笑する。いつもあれだけの種類を作るのは無理だけど、と前置きして、店に出せるよう考えてみると約束してくれた。カレー好きの堀尾に食わせたらなんと言うだろう。

俺は頷いて、足元のボストンバッグを手にした。

「あれ、大和さん、ご旅行ですか？」

「帰るんだ、実家に。これからのこと、相談しないと」

姉が進言してくれたのか、おふくろから、カレーだって一晩寝かせればうまくなると、励ましなのかなんなのかよくわからないメールが届いた。

外資系ベンチャーからはやっぱり、丁寧な不採用通知が届いた。正社員の夢は儚く消え去ったものの、あのデザイン事務所が、アルバイトとして来ないかと誘ってくれた。

社員じゃない分、きっと親父の反発は大きいだろう。だけど俺は、まだこの街にいたい。新旧入り交じるこの街の空気の中で、よろめきながら自分の楽しさを描き出していきたい。親方の描く震えるような線が、まだ見えない俺の未来につながって、誘っているような気がする。

俺はどうにも運が悪い。でもそれはもしかしたら、毎日の中に、手描きの線みたいな、味わいを生み出しているのかもしれない。

一直線じゃなく、よろめいたり、揺らいだりする線は、きっと、俺にしか描けない軌跡で、伸びていくんだろう。

店を一歩出ると、飛行機雲が一筋、ぽかんと晴れた空に浮かんでいた。

第三話　花咲くコロネ

1

自分のことを、花と呼ぶのはやめなさい。
給食に嫌いなものが出ても、残さず食べなさい。
友達は無理に作らなくてもいい。たくさん作ろうなんて思うな。一人でもいたらおんのじ。

小学校に上がるときに、ママと約束した。
おんのじ、っていうのは、呪文かなにかかと思ってたけど、「御の字」、つまり十分満足できること、とか、ありがたいことを意味するんだってわかるようになった頃、新しいルールができた。

チョココロネは食べてはいけない。ただし、給食は例外。

四年生の冬。梅の蕾が、ふくらみ始めた頃だった。

それはあたしたちの暮らしが変わった時でもあって、あたしは塾に通い出し、ママはフルタイムで働き出し、六畳一間のアパートでの二人暮らしが始まった。

塾の新学期は学校よりも早くて、四年生の授業が始まるのは、三年生の二月。中学受験を意識する小学生の多くが、そこから入試に向けて、プリントと競争心とストレスを積み上げ始める。あたしは一年遅れでスタートを切った。

なにかが欲しかったら、なにかを諦める必要があると言って、ママはあたしにチョココロネ禁止令を出した。例外と言われた給食にチョココロネが出ることはなかった。

食育っていうほど熱心じゃないけど、うちのママは食べるものにはうるさい。手作り給食の評判で小学校の学区を選んだというし、買い物もこだわりのお店でしかしない。

正直、ママはあたしの中学受験にあまり乗り気じゃないらしい。それよりも、生きる力をつける訓練の方が大切だって言う。その教育方針のもと、見る目を養う訓練だからと、塾弁は自分で調達するよう申し渡された。スジョウのはっきりした食べ物を選びなさい、と言われてる。辞書で「素性」という言葉が、生まれ育ってきた境遇という意味だと知って、あたしは理解した。つまり、米はお米屋さん、肉はお肉屋さん、パンはパン屋さんで買えばいいってこと。

そうしてあたしは、うらら商店街のお馴染みさんに仲間入りした。

チョココロネに別れを告げたあの頃、六年生の冬なんてずっと遠い未来に思えたのに、いつの間にかあたしはもう、その場所に立ってる。

この冬はクリスマスもお正月も、浮かれた空気なんて、どこにもなかった。

元旦から正月特訓もあったし、やってくる新しい季節より、入試までのカウントダウンに意識が向く。それはあたしだけじゃなく、塾でも、クラスの半分以上が受験する学校の中でも同じ。一月を迎えた空気が、頬も肌もぴりぴりと刺すように思えるのは、寒さのせいだけじゃない。テストの得点や、流行し始めたインフルエンザとか胃腸炎の知らせに、神経を鉛筆の先みたいに尖らせてる。みんなの緊張が空気を震わせて、気持ちもささくれ立たせていく気がする。

こういう時こそ、いつもどおりに過ごすのがいい、とママは言う。

なんでもない毎日の積み重ねが大事。平常心が大事。緊張すると体は硬くなっていくから、それをゆるめてくれる「お守り」を持つことが大事。

あたしの「お守り」はたくさんある。

ひとつは、大好きなミユキちゃんが作ってくれたフェルトのマスコット、しゃらくん。

それから、商店街のお気に入りの塾弁候補たち。

商店街にはおいしいものがたくさんある。お肉屋さんではおいしいコロッケが食べられるし、お豆腐屋さんの豆乳プリンもいい。お米屋さんではおにぎりやおいなりさんも売ってる。中でも、あたしの一番のお気に入りは、コテンのパンだ。

駅へ続くうらら商店街の真ん中にある、コテンというお店のパンは、給食のパンと顔つきが似てるけど、味は比べ物にならないほどおいしい。昔からあるお店らしい。ガラスの大きな窓の向こうには、いつでもパンがたくさん並んでる。小さい頃に読んでもらった絵本で、カラスの親子が作ってたような、やさしい感じのパンだ。それに、窓や袋に書かれた、丸っこい文字の形も好き。絵みたいに見えるねってミユキちゃんと話したことがある。

口をあーんと開けた横顔みたいな「コ」。

両手を放り出して昼寝してるような「テ」。

ボールをぽーんと蹴り上げる感じの「ン」。

イメージは、お腹いっぱい食べて、ちょっとうたた寝してから、遊びに出かける感じ。

のんびり楽しい雰囲気。だからきっと、食べたらうれしい気持ちになるんだろうと思う。

夕方のお買い物客で賑わう商店街を、コテン目指して歩いてると、おじさんが道の真ん中に飛び出して、あたしに向かって声を張り上げた。

「花坊〜」

静男ちゃんだ。いつものらくだ色のセーターとジーンズにこだわりのサンダル。コテンの向かいの履物屋のおじさんであり、あたしの商店街グルメのお師匠さんでもある。コテンで何度か顔を合わせるうちに、仲良しになった。お肉屋さんの揚げたてコロッケも、お米屋さんのレンコンいなりも、全部静男ちゃんに教わった。

「花坊、今日のディナーは決まってんのかい？　おいらに耳寄り情報があるぜ」

駆け寄るあたしに静男ちゃんは、親指を立ててそのまま傾けた。示されたコテンの入り口には、新しいパンの貼り紙。日替わりで中身が変わるカレーパンらしい。だけど、目の前の道は買い物客で賑わってるのに、店の中にお客さんの姿はない。

「ここだけの話、もうすぐ注文品の引き取りがあるらしい。揚げたてが並ぶはずだよ。確かな筋からの情報だから、信用してもらっていいぜ」

大きく笑う口の奥に銀歯が光る。

確かな筋っていうのは、アルバイトのすずちゃんのことだろう。コテンの大きな窓越しに目が合うと、レジで頬杖をついたすずちゃんが、手を振ってくれた。

すずちゃんは春から大学生になるお姉さんで、秋には地域ボランティアで小学校にやってきた。小学校の大先輩と紹介されたすずちゃんは、合気道の大きな大会で優勝した腕前を持ち、もう一人のお姉さんと一緒に演技を見せてくれた。きびきびと繰り出される突き、それを止めたり受け流したりする技もスピードがあって、くるんと相手を投げ飛ばすのはアクションゲームを生で見てるみたいだった。

すずちゃんの小さい頃の夢はお嫁さんだったそうだ。それなら花嫁修業だとお兄さんに道場に連れていかれたという。騙されたかもしれません、とすずちゃんが話すと体育館いっぱいに笑い声が渦巻いた。

あたしを見つけて手を振ってくれた時は、ちょっと誇らしかった。そのまま防犯護身術講座のモデル役に選ばれ、手を掴まれた時の身のかわし方や、逃げ方を教わった。男の子たちは大興奮だったし、小柄なのに強いすずちゃんたちを、女の子たちも憧れの目で見てた。ただし、一部を除いては。

問題は、冷めた視線を送ってた一部の女子が全員、うちのクラスだったこと。うっすら感じてた壁が完成したのは、あの時だったと思う。

ちょっと見にはわからない、透明な壁だ。たぶん、先生たちは気づいてない。

友達、って言葉は便利だ。同じクラスであればみんな「友達」とくくられる。決められた班行動や係活動をトラブルなくこなしてれば「仲がいい」「団結している」と評価される。もっと濃厚な、休み時間や放課後を過ごすグループは、だいたい持ち物で決まる。少し前なら最新のゲーム機。今はスマホ。そのグループだって、本当に仲がいいわけじゃない。主張の強いボスみたいな子にまとわりついてることも多い。表面上は仲良く振舞ってても、裏では、誰かの悪口を言い合うことで結束してたりする。自分が攻撃を受けないためには同調しておくのが一番だから。

ママは正しい。そんな「友達」はたくさんいなくてもいい。クラスの輪に入るのがうっとうしくて、あたしは栽培委員になった。

休み時間も昼休みも、花壇の世話を理由に逃げられる。桜の木と、季節の小花。大したお世話なんてない。アスファルトで固められた校庭の片隅にひっそりと設けられた小さな花壇は、クラスでのあたしの立ち位置によく似てる。

友達がいないわけじゃない。その一人は、あたしと似た理由で、図書室に入り浸ってる。

ママは言う。

いつも最悪のことを考えていればいいって。

そしたら、起こることは、それよりは多少マシって思えるから。

「お待たせ～」

静男ちゃんは、お気に入りのアメコミヒーロー柄のサンダルに履き替えて、鼻歌混じりに台車を押してきた。雨で預かってた荷物を届けるという。おしゃれは足元からと看板を掲げる澤田(さわだ)履物店はサンダルの品揃えが豊富だ。サンダルの柄は力強そうだけど、店先の大きな粉袋を積み上げる静男ちゃんの腕はぷるぷると震え、台車に積み上げてコテンの自動ドアをくぐるまでにはずいぶん時間がかかった。さっと近寄ってきたすずちゃんが、子猫を抱き上げるみたいにかるがると粉袋を持ち上げると、静男ちゃんは目をむいた。

粉袋を運び入れる厨房の中は、なんだかいつもと様子が違ってた。和兄ちゃんのエプロン姿が見えない。それに白い調理服姿のおじさんは、急に背が伸び、スリムになったみたい。

「……もしかして、和兄ちゃん、なの？」

タイミングがいいことにね、とすずちゃんがため息交じりに頷いた。

静男ちゃんは、ひゅるっと空気の抜けたような口笛を吹いて、馬子にも衣裳だなあと言った。それは誉め言葉じゃないよと思ったけど言わないでおく。

「いやほんと、康平より似合うよ。ひとまず、親父の留守を守る体裁は整ったな」

和兄ちゃんの調理服が届いた今日、パン屋さんのおじさんは、粉袋を持ち上げようとしてぎっくり腰になってしまい、おばさんと一緒に病院に行ったという。寒くなると急に腰にきますからねとしみじみ呟くすずちゃんは、商店街育ちだけあって、見かけに似合わずご年配の事情に通じてる。

しかし客足がなあ、とぼやく静男ちゃんに、今日はお客さんが少なくてかえってよかったかもってすずちゃんが言った。

あたしはトレイを手にして、じっくりお店の中を見回した。

あんこたっぷりのあんぱん。ツナマヨパンの真ん中でぷるんと光るマヨネーズもおいしそう。それとも、長めのウインナを巻き込んだウインナロール。クッキー生地が帽子みたいにあふれてるメロンパン。でもやっぱり、もっちり膨らんだクリームパンも捨て難い。

　厨房から揚げ物の音といいにおいが流れてくると、静男ちゃんはそわそわ伸び上がった。

「で、例のものはどんな感じだい？」

「もうじきですよ。今日は中辛とろ肉たまごカレーです。さっき中身だけ味見させてもらいましたけど、すっごくおいしかったですよ。お肉ぷるぷる、たまごは半熟とろとろで」

　静男ちゃんはうれしそうに、揚げたて三つだな、と呟いて、花坊はどうする？とあたしを見る。

「花はやめとく。中辛でしょ？　カレーは甘口がいいんだ」

「わ、そういうのどんどん聞かせて。和兄今新しいパンのこと、すごく考えてるから。花ちゃんくらいの子たちが食べたいパンも知りたいと思う」

あたしはパン棚の一角を横目で見た。食べたいのは、チョココロネ。だけど、ママとの約束がある。静男ちゃんが、珍しく真面目な顔をして、声をひそめた。

「すず坊、それってやっぱあれか？　あの話」

ちらちらと横目で厨房を窺いながら、すずちゃんもひそひそ声になる。

「坂の上の方に、新しいパン屋ができるらしいです」

「もしかして、大通りで工事してる建物のこと？」

あたしも静男ちゃんたちにならって小さい声で尋ねた。

小学校の通学路沿いの建物のことだ。赤と白の縞々模様の日よけ布がきどって見えた。昨日は金属製の丸椅子と円テーブルが運び込まれてた。アルファベットで書かれた文字は、英語じゃないみたいで、カフェって字以外はなんて読むのかわからなかった。

すずちゃんが口を一文字に引き結ぶ。

「和兄、この間、フランチャイズの話を断った時に、すぐに後悔するって言われたそうです。負け惜しみだと思っていたらしいけど、このことだったんじゃないかって」

「賢介ンとこには、何も話は来てないのかよ？」

「商店会が違うからはっきりわからないですけど、デニッシュとかのお店らしいって」

「じゃあ、商売としちゃ直接かち合うわけじゃないか。けど、ひとはパンのみにて生くるにあらずって言うからな。パン屋同士じゃ客の奪い合いになるよなぁ」

そういう意味の言葉じゃないと思うけど、静男ちゃんは小刻みに体を揺すりながらコテンの店の中を見渡してる。たしかに、いつもに比べるとパンが売れ残ってるように思える。

「常連さんにも、つぶれるつぶれる言うひともいますし。プレッシャー感じてるみたいです。なにより、目新しいパンがないって言われたこと、だいぶ悔しいみたいで」

話の途中で一瞬はっと表情を引きしめたすずちゃんが、急に声を大きくした。

「だからね、花ちゃん。食べたいパンがあったら、どしどし聞かせて」

話しながら、しきりにウインクしてくるすずちゃんの真意に気づき、つられて大きくなった声がひっくり返る。

「は、花は、クリーム系がいいなあ。カスタードもチョコも、クリーム系ならなんでも好き」

すずちゃんはよくやったと言わんばかりに、あたしの肩を軽く叩く。きっと手加減してくれてるのだろうけど、じんじん響いた。

ほどなくすずちゃんの後ろの厨房から、和兄ちゃんの顔が覗いた。

「お待たせしました、揚げたてです」

和兄ちゃんが持つパン籠には楽描きカレーパンと書かれた値札がぶら下がり、静男ちゃんが待ってましたと拍手で迎える。

調理服の和兄ちゃんはプロっぽさが数割増して見える。あたしはあんまり見たことがないけど、うちのママも職場では仕事着に着替えるそうで、ぴしっと引きしまっと頼もしそうに見えた。

そこに、鼻をひくひくさせて、若い男のひとがお店に入ってきた。

「今日もうまそっすね」

大きな鞄を肩にかけたそのひとに、すずちゃんは、大和さんと呼びかけた。続いて入ってきたのは、前に会ったことがあるお姉さん、理央さん。お客さんの姿にすずちゃんがほっと口元をゆるめる。カレーパンの中身を聞いた理央さんが、また新作ですねと笑みをこぼし、親方も喜ぶっす、と大和さんもうれしそうに言った。

カレーパンは大和さんたちの仕事場の夜食になるのだそうだ。旅行鞄みたいな大きな荷物はお着替えで、会社の空き部屋に泊まり込むという。大変だけど、面白いっす、と大和さんは上機嫌に言った。

「領収書もらえます？　アルファベットで、エス、ユー、ケー……」

すずちゃんの手元をひょいと覗き込んだ理央さんが、スケロクデザインじゃないですかと驚いた。有名な広告デザイン事務所なのだそうだ。大和さんはまだアルバイトらしいけど、うちの親方はまじですごいっす、と頭を掻いた。その分忙しく寝る間もないらしい。

「スケロクって歌舞伎に出てくるかっこいいひとだよね？」

「うお、キミ、よく知ってるね」

あたしが尋ねると大和さんが目をぱちぱちさせた。

「だって花ちゃんは偉いんですよ、毎日塾でいっぱいお勉強してるんだもんね」

えっへん、とでも言うように、すずちゃんが胸を張る。すずが威張ることじゃないだろと和兄ちゃんがたしなめて、みんなが笑った。コテンでのこんな時間があたしは大好きだ。

代金を払うと、いつもありがとうと和兄ちゃんが微笑んだ。

「これから塾？　そのリュック、重そうだね」

あたしは体をひねってみせる。

「重いよ。だって四教科のテキスト、ドリル、プリント、ノートがぎゅう詰めだもん」

ずっしり荷物の詰まったリュックは、肩に食い込むほど重くて、しんどい時もある。でも、塾の先生は、中学に入ったらもっと重い鞄を持ち歩くことになるから、この重みは、そのための体力作りにもなるんだぞ、って言う。

「大したもんだよな。おいらが花坊くらいの時は、遊びしか頭になかったよ」

「花は、お医者さんになりたいの」

静男ちゃんがまた、気の抜けた口笛を鳴らした。和兄ちゃんと大和さんは、おおと声を合わせ、理央さんはしきりに頷き、すずちゃんは拍手してくれた。

「どういう育て方したら、こうもしっかり育つんだろうね。花坊の親御さんは、どんなご商売なんだい？」

「人助けだよ」

静男ちゃんは、そりゃ親子そろって大したもんだ、カエルの子はカエルだなあと頭をぐるぐる撫でてくれる。それも誉め言葉じゃないけど、黙っておいた。

あたしはくすぐったい気持ちになって、リュックにぶら下げたしゃらくんをぎゅっと握った。大和さんが、しゃらくんに目を留めた。

「あれ、それ、浮世絵の？」

あたしは大きく頷く。しゃらくんは、有名な浮世絵をコミカルにしたもので、役者さんがべえっと舌を出してる。大好きなミユキちゃんお手製のあたしの宝物だ。学校ではランドセル、塾の時はリュックにつけ替えて、いつも一緒にいる。こうしてると、ミユキちゃんとどこかでつながってる気がするから。


マスクをつけて駅へ向かうと、ホームに、本を読むムギの姿が見えた。ちょうど到着した山手線が走り去っても、マスクをつけて本を覗き込む男の子はまだそこにいた。

いつものように本に夢中になっているムギは、肩を叩くと、びくっと体を震わせた。

「花さん」

「ムギ、また電車行っちゃったよ？」

ムギは礼儀正しい男の子で、あたしは呼び捨てしてるのに、さんづけで呼ぶ。女のひとには丁寧に、という、お父さんの言いつけらしい。

四月に転校してきたムギは、看護師のお母さんと二人で暮らしてて、名前を紡（つむぎ）というう。自分自身の物語を紡ぐひとになるようにとお父さんがつけてくれたそうで、そのせいなのか、いつも本を読んでる。時々は今日みたいに夢中になりすぎる。ちょっと変わってて、だからこそムギも男子の輪から浮いてる。

あたしが学校で心を許せる「ただ一人」の友達は、ムギだ。

教室の中でのはぐれ者同士というのもあるけど、仲良くなった一番の理由は、好きな本が同じだったこと。あたしの好きな本を、ムギがこのホームで読んでたのをきっかけに、話すようになった。教室では会話らしい会話もしないし、休み時間はお互い、花壇と図書室にいるから、話すのはこの時間が多い。

ようやく本をリュックにしまったムギは、あたしが持つコテンの袋を覗き込んでくる。

「花さんの今日の塾弁はなに？」

「あんぱんと、クリームパン」

「へえ、いいな。この間のコロッケもおいしそうだった。花さんは商店街に詳しいから羨ましいよ。僕ならきっと迷っている間に電車の時間になる」

変なところで自信たっぷりにムギが言いきった。

通う塾は違うけど、時々電車が一緒になる。大きな教育改革のあおりで、中学受験生は年々増えてるらしく、近くの校舎はいっぱいで入れなかった。あたしたちは規模が大きい池袋校まで通ってる。入試直前の今は、ほぼ毎日だ。

「花はムギが羨ましいよ。お母さんがお弁当作ってくれるんでしょ？」

「うちの母は、味以前に、栄養素基準で詰め込むから。時々妙なのもあるよ、みかん入りのたまご焼きとか。ま、作ってもらってるのに文句言えないけどさ」

その気持ちはあたしにもわかる。お母さんの忙しさや大変さを間近で見ているから、言い出せないんだ。塾も私立中受験もなかったら、ママはあんなに忙しくしなくてもいいのかもしれない。仕事ですごく遅くなる時もあるし、家でも、パソコンやスマホに向かって仕事してるのがほとんどだ。

花は勉強してればいいよって言ってくれるママを思い出し、胸がつきんと痛んだ。

「……ムギ、この間の模試、返ってきた？」

「ああ、十一月の外部模試ね。あれ難しかったよね。僕、なんとか判定は維持できたけど、偏差値がちょっと下がっちゃってて、へこんだよ」

「……花、すっごい下がっちゃったんだ。判定も、偏差値も」

「その後にも受けたでしょ？　十二月の頭のやつ」

そうは言っても、日付は一週間しか変わらない。大きく違う結果が出るとは思えない。

「うちの塾の先生なら、まだまだ諦めるなって言うよ。最後にぐっと伸びるからって」

「男子はそうみたいだね。女子はコツコツやってきた子が強いって、塾長がどっかの親に話してたの聞いたことある」

「滑り止めは花さんも講武学園でしょ？　二人とも本命落ちたら一緒に通えるけどね」

けどね、とあたしたちは、苦笑いを交わした。首都圏の中学受験の第一志望合格率は多くても三割ほどだという。厳しく見るともっと低いという声もあり、険しい道なのは間違いない。

　駒込駅には、改札が二つある。

　ホームの上と下にある改札に、あたしは自分を重ねた。違う改札から歩き出せば、その先は違う道につながる。その道は、もしかしたらいつかは同じ場所につながるのだとしても、近道と遠回りの道があるように思えた。

「花さん、今まで判定よかったよね。なにかあった？」

　ムギの気遣いにうっかり涙腺がゆるみそうになるのを、奥歯を噛んで引きしめた。

「ちょっと気になることが出てきて。問題が全然解けなくなっちゃった。問題文が全然頭に入ってこなくて」

ここしばらくA・B判定をキープしてたのに、いきなりD判定に落ちた。

受験生のおうちでは、滑った落ちたは禁句と聞くのに、うちのママはそんなこと気にしない。むしろ、最悪のことを考えろと言うので、あたし一人が焦ってる気がする。

「入試まであと三週間あるよ。調子戻るといいね」

「もうすぐ、だね」

都内の入試は、二月一日に始まる。まもなく幕を開ける埼玉や千葉の学校を受験するひとはもう張り詰めた顔つきになってる。

強い風と一緒にホームに入ってきた山手線に、あたしとムギは乗り込んだ。

発車メロディの「さくらさくら」が鳴る。

あたしのサクラは咲くのだろうか。合格のサクラは。

2

いつもは騒がしい放課後の校内も、今日に限っては静かだ。

都内の入試が始まるまで十日を切った。埼玉に続いて、千葉の入試も始まった今日からは、登校してくるひとの数がぐっと減った。入試直前の来週には、六年生の階はもっと少なくなるのだろう。受験組の中には、授業中に居眠りしてる子もいる。先生も諦めてるのか同情してるのか、軽く声をかけるだけで、そのまま寝かせてくれてる。

ママを待つ時間がとても長く感じられる。

同じタイミングで呼び出された三人の女子たちの親はもうとっくに集まり、それぞれ別の教室で先生たちが話を聞いてる。三人が口裏を合わせる事実と、あたし一人だけが話す事実が公正に受け止められるはずがない。数の論理で捻じ曲げられることもある。ぎゅっと握った手が膝の上で震える。

隣のクラスの担任が指先でペンを回しながら、お母さん遅いねと呟いた。うちのクラスの担任は、口達者なリーダー格の子につき添い、他はそれぞれ手の空いている先生方があてがわれてる。

あたしは、ポケットから、黒っぽく汚れた二つの塊を取り出した。

ムギが見つけてくれた、しゃらくん。図書室のゴミ箱の中から見つけ出されたしゃらくんは、お腹をまっぷたつに切られ、上履きの跡が黒くついてる。

食いしばった奥歯が、ごり、と小さく音を立てた。

ことの発端は朝の落とし物だった。

廊下に落ちてたノートを職員室に届けた。それだけだ。中は見なかった。表紙にも裏表紙にも名前はなく、勝手に開くなんて失礼に思えて、先生にそのまま渡した。そのノートが、うちのクラスの女子たちの交換日記だなんて、知るわけなかった。

一、二時間目の授業が急に変更になり、二手に分かれる少人数理科と、ホームルームという名のお説教になった。あれは悪口ノートだったらしい。淡々と話す先生の言葉にはいつもより棘(とげ)があり、明言しなくても、一時間目の授業に出ていない三人の女子のことだとわかった。

帰りの会を終え、ランドセルをロッカーから出すと、しゃらくんがなかった。落とすはずはない。朝ロッカーに入れた時にはあった。教室内を捜してると、委員会で図書室に行ったはずのムギが、血相(けっそう)を変えて飛び込んできた。無惨なしゃらくんを手にして。

せせら笑う声に振り向くと、黒板の前であの三人があたしを見てた。

どす黒いうねりが突き上がってきて、そこからあとのことは、よく覚えてない。言い合い、揉み合い、髪の引っ張り合い。一瞬のことにも、長い時間摑み合ってたようにも思う。慌てて駆けつけた先生にひっぺがされ、親が呼ばれた。

乾いた音を立てて転がったペンを、先生が拾い上げながら言う。

「まあ、間違ったら、やり直せばいいんだよ。その気持ちさえあれば大丈夫だよ」

間違ったら？　何が間違いで誰が正しいと言いたいのだろう。

しゃらくんのお腹からぼわぼわはみ出る白い綿を、指先で詰め込みながら、ママを待つ。職場はそう遠くないのに、仕事中に呼び出されてるせいなのか、ちっとも来ない。

「それ、ずいぶん年季入ってるね」

先生はあたしが話し出すのを待ってる。でもあたしは、頷いたけど、口を開かない。

しゃらくんは、ミユキちゃんとあたしをつなぐ、大切な宝物だ。

誰かに興味本位で覗き込まれたくなかった。

ミユキちゃんのことが、あたしは大好きだった。

変な口癖も、怒られるとうまくはぐらかす、ちょっと不真面目なところも。

小さい頃から、ミユキちゃんと一緒にいると、だいたいママに叱られた。ママがやっちゃだめと言ったことをミユキちゃんは平気でするから。たとえば、最初はお絵かき帳に鉛筆で描いてた絵も、ミユキちゃんのはだんだんテーブルにはみ出し、ひどいと畳や襖にまで広がってしまう。あたしが慌てて止めても、ちょっとだけ、あとから消しゴムで消せばいいよって、さらさら楽しそうに描いてしまう。

ママに見つかって叱られても、あんまり反省もしない。後ろを向いて、ぺろって舌を出すだけなんだ。ミユキちゃんのお母さんは、小さい時にミユキちゃんをあんまり叱らなかったのかもしれない。うちのママは、ミユキちゃんの親の顔が見たい、ってよくため息をついてた。

ママから見たら問題児かもしれないけど、あたしにすれば、ミユキちゃんは、遊びの天才だった。絵や工作が上手で、しゃらくんみたいに、なにか素敵なものをたちまち作り出してしまう。

一番楽しかったのは、節分の時。

ミユキちゃんは、節分になるとチョココロネと殻つきピーナッツを持ってくる。チョココロネをつのパンと呼び、じゃんけんで勝った方が、鬼役としてあたまに載せる。ピーナッツを投げつけられるのに、鬼役になると二人とも飛び上がって喜んだ。あたしたちは狭い家の中で転がるように鬼ごっこした。くたくたになると、ピーナッツの殻をむき、チョココロネの中に埋め込んで食べた。

甘くとろりと舌にからむチョコクリームに、カリカリと潜むピーナッツの食感は素敵だった。パートから帰ってきたママまで巻き込んで食べるつのパンは、とびきりおいしくて、あたしたちは笑いどおしだった。

大好きなミユキちゃんと一緒に遊ぶ時間が突然ぱったりと消えてしまうなんて、あの頃のあたしには、思いもよらなかった。

今も鮮明に覚えてる、四年生の冬。

教頭先生と一緒に、教室に迎えに来たママの顔は怖かった。支度をしてすぐに学校を出た。どうしたのと聞いてもママは無言で、厳しい横顔はずいぶん疲れて見えた。大通りからタクシーに乗り大きな病院に着くと、ママは病院を見上げたまま、ミユキちゃんの入院を告げた。

でも結局、中にあたしたちが入ることはなかった。ママは、正面玄関の前に立ち尽くし、しばらくじっと見つめた後、踵（きびす）を返した。

あれ以来、ミユキちゃんには会えていない。あたしの道はあの日から変わったのだ。

ずいぶん経っても、入院してること以外かたくなに口を割らないママにしびれを切らし、なんとかミユキちゃんに会える方法を考えた。簡単だ。病院で働けばいい。お医者さんになってあたしが治してあげればいい。

お医者さんの国家試験も、それを目指す大学に入るのも、どちらもとても難しいと、相談した保健室の先生は言った。そのために難関中を受験するひともいると聞き、あたしがチラシを持ち帰ると、ママは塾に通わせてくれた。

仕事を増やし、アパートも引っ越し、ママはいっぱい働いて、あたしはいっぱい勉強した。

放課後すぐにランドセルをリュックに持ち替えて塾に通う生活が大変じゃなかっ

たと言ったら嘘になる。週二回からスタートした塾も、今は週四回の授業と一回のテスト、補習と自習、ほぼ毎日通ってる。平日は家に着くのが夜の九時過ぎ。そこから次の日までの宿題をこなす。寝るのは日付が変わってからという日も少なくない。眠い目をこすりながらも必死で勉強を続けてきたのは、ミユキちゃんに会いたい一心からだった。

沈黙に飽きた頃、廊下にバタバタと足音が響き、ママが教室に顔を出した。

あたしたちは先生に案内されて、話し合いの場になる校長室に入ったんだ。

「なのに、花さんのお母さん、喧嘩売って帰っちゃったの？」

電車で一緒になったムギが、さも面白そうに言う。ムギもあたしも直前特訓を受けに行く。土曜の朝の山手線は空いてて、あたしたちは並んで腰かけ、昨日の話をした。

「そういう時って、穏便に和解するために、親が呼び出されるんじゃないの？」

「あたしも、そう思うんだけど」

いつも明るくなびかせてる茶色い髪を真っ黒く染め（それで遅刻してきたらしい）、ひっつめて、黒いスーツでつんと澄ましたママは、ちょっと迫力があった。大遅刻しておきながらママは居丈高に、相手も先生も、一人一人を値踏みするみたいに眺めまわした。

「校長室って長いソファのとこ？　転校手続きの時入ったよ」

「うん。あっち側に三人とその親、こっち側にあたしたちと担任、教頭、校長が向かい合っても、まだ大人が横になって寝られそうだった」

　向かい合った親子はだいたい似た雰囲気だった。一見地味だけど、持ち物は上品でブランドロゴがさりげなく入ってたし、ママたちの鞄はハイブランド。我が家には縁のないものばかり。いかにも、躾も教育も行き届いていますという感じがした。

「彼女らスマホ組でしょ。グループメッセージならバレなかったんじゃないの？」

「監視されてたらしいよ。親の注意がスマホに向いてる分、ノートみたいなアナログ手段はかえって見つかりにくかったみたい。結構前からやってたって」

　悪口ノート程度なら本人たちへの注意くらいで大事にもならなかったろうが、怪我人が出たために、呼び出しにまで発展した。顔に擦り傷を作ったのが、鼻っ柱の強い彼女だったから。

　案の定、彼女の親は、中学入試の面接を理由にすごい剣幕で非難してきた。掴みかかってきたのをかわしたら、勝手に転んで顔に傷を作っただけだ。あたしは、学校ですずちゃんたちから教わったことを、そのまま実践しただけ。校長先生がそう庇ってくれても、その親はあたしが悪いと言いたげな口ぶりでごねた。

「花さん、なにも悪くないじゃん」

「けど、当事者だから」

しゃらくんにハサミを入れたのは彼女に違いないだろうが、知らぬ存ぜぬを通してた。他の二人の腰巾着が口を割るはずもない。

便宜上、お互いに形式的な詫びを入れるのが、常識的対応だろうと、あたしにもわかった。

なのにママは、じっと聞いていたかと思うと、不敵な笑みを浮かべ、みなさんよく調教なされて、と反撃に転じた。

――顔でよかったじゃありませんか。上っ面の傷なんて、すぐ治ります。皮が厚くなってかえって好都合では？　それより心についた傷が治るのにはずっと時間がかかります。うちの子の傷、どう落とし前つけるおつもりで？

言うなり立ち上がったかと思うと、だん、とすごい音を立てて、テーブルの上に片足を乗せた。ぽんぽんのついた小花柄のスリッパにみんなが釘づけになって、校長先生は口を閉めるのを忘れてた。上目遣いに相手を睨みつけるママは、決して上品とは言えなかったけど、あたしにはかっこよく見えたんだ。

「ほんとのところ、胸がすっとしたんだよね」

ムギが、花さんのお母さん、やるなあ、と笑う。

そこからはママの独壇場だった。

――水槽の中の金魚にすら力関係がありますからね。それが悪いとは言いやしません。ただ、みんなが長いものに巻かれちまって、声の大きいものばかりがのさばってくるのは、見るに堪えないってだけですよ。厭な世の中になっちまいましたよ。

ペースに呑まれたひとたちに啖呵をきって、ママはあたしの腕を引き、ぷりぷり怒りながら校長室を後にした。

「ちょっと金魚偏差値が高いからってうぬぼれないでほしいってぶつぶつ言いながらさ」

「なんの偏差値だって？」

「金魚だよ。金魚偏差値」

首を傾げるムギに、ママの受け売りを話す。

「お祭りですくってきた金魚を、毎日ちゃんとお世話できる子が金魚偏差値の高い子。できない子は低い子」

それはひいては、家庭生活や子育てをまめまめしく営む能力に通じるとママは信じてる。

物わかりのいいムギは、うちの父は金魚偏差値が低そうだと、やわらかい声で呟き目を伏せた。ママもいつも自分のことを、金魚偏差値が低いから、ってこぼす。二人で暮らすようになるとその機会は増えた。

花には悪いけどいい母親にはなれない。なる自信もない。だから花は、一人でも生きていける強さを持ったらいい。そういう力をつけてあげるまでが自分の役目だ、と。

苦労しながらも、あたしを塾に通わせてくれてるのは、その思いも関係してるんだと思う。だからこそあたしは、入試までになんとか成績を盛り返さなければいけない。

口をつぐむあたしに、ねえ、とムギが問いかけてきた。

「花さんの成績が下がった原因て、ミユキさんのことなんじゃない？」

ムギは鋭い。急に落ち込んだ成績は、あたしの中に生まれた迷いや気がかりの波と重なっているように思えた。

「うちの母に聞いてみようか。ミユキさんの入院先って、母が勤めてる病院だよね。病棟は違っても、病室の様子くらい見られるだろうし」

ムギのやさしさに感謝して、あたしは首を横に振る。

「いなかったんだ」

「花さん、知ってたの？」

「病院の守衛さんに、聞いてみたの。入院してるひとの中にミユキちゃんはいなかった」

十一月の外部模試の会場はあの病院のそばだった。思いついて、訪ねてみたのだ。

「だけど、退院の理由も時期もわかんなかった。どこかで元気にしてるのか、あるいは……」

もうこの世にいないかもしれない、と思ったら。不安ばかりが頭を駆けめぐり、模試の問題がまるで解けなくなった。

　今もあの時と同じだ。しゃらくんを襲った不幸は悪い予感を呼び起こした。ミユキちゃんの身に、よくないことが起こったのではないかと気が気じゃない。ミユキちゃんがもういないのなら、あたしががんばる必要なんて、どこにもなくなる。

　ムギはリュックを背負いなおしながら、真顔を向けた。

「本命校の入試には、悔いのない状態で臨みたいでしょ？」

「それはそうだけど」

「花さん、第一志望は橘花（きっか）中でしょ。僕が受ける駿河（するが）中と同じく立春入試だよね。まだ少し時間あるよ。思いきって確かめてみるのもいいかも」

　ムギは、思わせぶりに微笑んで、思いもよらないことを言い出した。

「花さん、覚えてるでしょ？　僕たちがはじめて話した、あの本のこと」

＊

「幽霊の見えるパン？」

「幽霊？」

和兄ちゃんとすずちゃんの素（す）っ頓狂（とんきょう）な声がコテンに響いた。

今日も、あたしの他にお客さんは誰もいなくて、棚にはたっぷりのパンが、手持ち無沙汰そうに並んでる。

あの新しいパン屋さんが、いよいよオープンしたからかもしれなかった。あっちのお店の前には行列ができてて、中には、コテンで見かけたことがある顔も、いくつもあった。

ドリルには正解があるけど、仕事には正解がなさそうだ。どんなにおいしいパンを作っても新しいパン屋さんにみんなが並ぶように、ひとの気持ちが揺れるからこそ答えも揺れる。そこに向き合ってくのは、とても勇気がいることのように思える。

「たしかに、食べたいパンがあったら教えてとは言ったけど……」

すずちゃんは、うろたえて和兄ちゃんを見上げた。

骨董品みたいなコーヒーミルに手を置いて苦笑いする和兄ちゃんに、あたしはムギのアイディアを話した。

「空洞があるものがいいの」

空洞のあるものは、目に見えない世界とこの世界をつなぐ通り道になると、ムギとあたしが話すきっかけになった本には書かれてた。たとえばトンネルや木のうろ、ラッパ、紙を丸めた筒。そのまま真似るのは芸がないから、とムギはなぜか対抗心を燃やして、花さんの好きなパンはどうだろうと言った。

気休めだとしても、信じたい気持ちもある。本当に幽霊が見えたらミユキちゃんのことを確かめられる。

　こういう感じかなと和兄ちゃんは、厨房から焼き上がったコロネを持ってきた。クリームを詰める前のコロネにはたしかに空洞があった。でも、コロネだ。あたしが返事に困ってると、すずちゃんがドーナツを差し出した。

「まごころドーナツが適任でしょう。だってまごころですもん。幽霊にも通じるかも」

「できることなら、俺もじいちゃんと話したいよ。仏壇に向かって話したって返事なんてないしさ」

　幽霊なんて話、笑われるかと思ったのに、和兄ちゃんもすずちゃんも、お店にやってきた静男ちゃんさえも、馬鹿にするどころか、一緒になって親身に考えてくれた。

「行くなら染井(そめい)霊園だな。おいらんちも和坊んとこも、ここらはみんなだいたいあそこに墓があるよ。そのミユキちゃんとやらにも会えるかもしれない」

　あたしは慌てて頭を振った。

「会えない方がいいの。会えなければ、ミユキちゃんはまだ生きてるってことだから」

「おいらも気をつけとくよ。あそこ行くときは、ドーナツ食わないでおく」

　幽霊が怖いらしい静男ちゃんは、足のない幽霊(やつら)と縁のない商売でよかったよと言って、体をぶるっと震わせた。

自動ドアの開く音がして、サングラス姿の女のひとが入ってきた。紫色のショールを頭にすっぽりとかぶり、てかてかした革ジャンから蛇柄のラメのワンピースがのぞく。マスクをつけたその姿になんだか見覚えがあるなと思ってると、静男ちゃんが大きく手招きをした。

「袖振り合うも多少の縁てやつだ。少ない方のご縁と思って、このけなげなお嬢ちゃんを助けてやっておくれよ」

それは多少じゃなくて、多生だと思うけど。静男ちゃんが、あたしが捜してる友達の行方を知ることができないか尋ねると、そのひとは顔をしかめて、あたしのドーナツをトレイごと取り上げた。静男ちゃんが悲鳴をあげてなじる。

「なんてことすんだい！　いくらタダ働きしない主義って言ったって、なにも子どもから巻き上げることないだろうよ。ほんっとごうつくばりなんだから」

すずちゃんもすかさず、すごい剣幕で加わった。

「そうですよ！　花ちゃんは、人助けにいそしむ親御さんの背中を見て、世のためひとのためにお医者さんを目指してる偉い子なんですよ！　そんな真似して、大人として恥ずかしくないんですか？」

二人ともあたしが口を差し挟む余地など与えず、喧々囂々と責め立てる。矢継ぎ早に繰り出される罵詈雑言にまごまごしてると、女のひとがぱっとサングラスを外した。

「だから、あたしだよ、その親ってのは！」

　吠えるように叫ぶのは、まぎれもなく、ママだった。見たことのない派手な服はきっと仕事着なんだろう。みんな、あたしとママと交互に見て、金魚みたいに口をぱくぱくさせてた。

「ほんっと、つぶれるよ、この店」

　ママの悪態に、和兄ちゃんが肩をすぼめた。


　仕事場に戻るママと、あたしは途中まで一緒に歩いた。

「花、受からなくてもいいんだよ」

「ママ、ふつうのお母さんは、受かろうねって言うんだよ」

　あたしが口を尖らせると、ママはぷうっと頬を膨らませた。

「あたしは金魚偏差値が低いんだ、できることしかやれないよ。だいいち、最悪のことを考えとけば、それよりはマシになるんだし」

　そう言ってママが差し出した塾の封筒には、最後の模試の結果が入っていた。判定はB。前回よりは回復したものの、まだまだ安心はできない。

「あたしは受かりたいんだよママ。そしてミユキちゃんに会いたいの」

　ミユキちゃんの名前が出ると、ママはやっぱり黙ってしまう。

ママはなにか知ってるに違いない。だけどそれを教えてくれるつもりはないらしい。なら、あたしはやっぱり自分の力で、ミユキちゃんを捜し出すしかない。

「あんたほんとに、思い込んだら突っ走るんだから。誰に似たのやら」

「ママじゃないかな」

言いながら、あたしは、二年前のあの日を思い出していた。


ミユキちゃんが入院したあの日、あたしたちは病院に入ることなく、とぼとぼと歩いて帰路についた。その途中でママがふと足を止めた。

「花、ちょっと休もう」

そこは喫茶店で、レンガ造りの壁にはヒビが入り、円い窓がまるで潜水艦みたいに見えた。仙人みたいな白いあごひげのおじいさんが一人で切り盛りするお店の中は薄暗くて、壁面に作りつけられた棚に、いろんな色や形のコーヒーカップとコーヒーミルが並んでいた。カウンターの端のレコードプレーヤーから古い外国の歌が流れて、コーヒー豆とタバコのにおいがして、大人の世界に足を踏み入れたような気がした。

「コーヒーと、アップルパイ」

いつもミルクティーを飲むママが、コーヒーなんて珍しかった。

窓際のソファ席で、自分を抱きかかえるようにして、ママは窓の外を見てた。なにかを嚙みしめるような顔で。

「ねえちょっと、これ、忘れ物じゃない？」

だしぬけにママが大きな声をあげて、あたしは飛び跳ねた。

座席に置いてあったけど、とママは本と小箱を持ち上げてみせる。コーヒー仙人は首を横に振って、今日はそこ誰も座ってないよって答えた。

ママは少し考えこんで、本をめくり、カードを並べ始めた。

「タロットって、はじめて見た」

「タルト？」

「違うよ、タロット。占いとかするやつ」

見た目はトランプに似てた。裏は同じ絵柄。でも、表に返すと、ハートやスペードのマークや数字はなく、全面に絵が描かれてた。王様のようなのや、ライオンが描かれてるものの他、吊り下げられた男のひととか、怖い感じの絵もあった。

本とカードの両方を見比べながら、ママは三枚のカードを、一列に並べる。一枚ずつカードをめくっては、本を確認して、顔をしかめた。

あたしはイライラしてた。ミユキちゃんが心配だった。病院に入らなかったわけもわからない。ママが何を考えてるのか、あたしにはまるでわからない。でも、いつもと違う場所で見てるせいか、ママは、あたしの手の届かないところにいるようで、気軽に声をかけてはいけない気がした。

ママは難しい顔をして、コーヒーを飲んだ。いつもミルクティーに山ほど放り込む砂糖にも手をつけず、真っ黒い液体と本を交互に覗き込みながら、一口ずつ。

あたしは黙ってむしゃくしゃを運ばれてきたアップルパイにぶつけた。パイは簡単に崩れた。生地がべしゃべしゃして、りんごは酸っぱくて、あんまりおいしくなかった。

ママは、急いで含んだ大人の世界のお水は酸っぱくて、レモンの香りがした。

あの日から、三枚のカードの絵を、目で焼き尽くすつもりかってほど熱心に見てた。

ママはどんどん占いにのめり込み、あの喫茶店の一角で始めた占いが評判を呼んで、今では複数の占い師を抱える、サロンの経営者になった。駅前の雑居ビルの一室にサロンを構え、個人鑑定や企業の顧問、ＳＮＳの占いサービスで、あたしの塾代を稼ぎ出してくれてる。

「ねえ、受かんなくたって、いいんだよ」

繰り返すママに、あたしは湧いてくる不安を押し殺しながら言った。

「あたしは、受かるために、がんばってるの」

3

とうとう、二月がやってきた。

入試は、滑り止めから始まった。塾のすすめで組んだスケジュールは、偏差値順だ。本命校入試までに場数（ばかず）を踏むことで、独特の緊張感に慣れるようにってことらしい。一日、二日に受験する学校は問題ないだろうと言われてた。

だけど、一日の夜に即日発表された合格者一覧に、あたしの番号は、なかった。

慌てて解答メモを見ると、解答欄をひとつ間違えて、全部がずれてた。こんな初歩的なミス、今まで一度もしたことがなかったのに。積極的に行きたい学校というわけではなくても、落ちた、という事実は想像以上にあたしを動揺させた。

急遽、二日の入試はレベルを落とした。万が一に備えてダブル出願してたその学校は、本命校と入試傾向が似てるから対策もあまりやらなかったのに、今年から傾向が大幅に変わり、手応えなんてまるでなくて、あたしは泣きそうになりながら帰路についた。

しゃらくんを襲った不幸の波が、あたしも包み込んでるんじゃないかと思った。

しょぼくれて帰ったアパートにママの姿はなく、外出してくると書かれたメモが一枚、座卓に置いてあるきりだった。教科書やテキストの詰まったカラーボックスの上にリュックを投げ出すと、お腹に大きな縫い目のついたしゃらくんが空中で右往左往した。でん、とやけに大きな音がして驚いた。台所の蛇口がゆるんで流しの底を打った音だった。のろのろと蛇口を閉め振り返ると、狭いはずの六畳間が今日はやけに広く思えた。

がらんとした部屋を満たす冷気が、塊になって、あたしを締めつけてくる。だんだん、腹立たしくなってきた。入試の日は仕事を休んで家にいると聞いてたのに。いつも家にいないのに。こんな時ぐらい、あたしが誰かにそばにいてほしい時ぐらい、いてくれたっていいのに。

こんな時、ミユキちゃんがいたら。

あたしはしゃらくんをポケットに入れ、突き動かされるように、コテンを目指した。

＊

染井霊園に着いた頃は、四時半を回ってた。

入り口の両側に植わった二本の木は、骨ばった枝を門番みたいに伸ばしてた。

あたりは少しずつ、うす暗くなってきた。あたしには、好都合だ。

ムギによれば、夕暮れの時間は逢魔（おうま）が時といって、ひとが見えにくくなる代わりに、文字どおり、魔、つまりひとじゃないものに逢いやすくなるんだそうだ。

あたしはコテンのドーナツを口に詰め込み、湿った土のにおいを感じながら、お墓の間を歩き始めた。

染井霊園は都立霊園の中では一番小さいとはいえ、くまなく歩こうと思えば十分広い。真っ暗になる前になんとか一周しなくてはと、園内地図を握りしめた。

夕焼けに染まった雲が、あたしを押しつぶしそうなくらい低く空を覆う。不安が、胸の中でぷつぷつあわだち始めた。

ミユキちゃんに会ったら、どうしよう。どうするだろう。抱き合って泣くのだろうか。こんな形でも会えたことを喜ぶんだろうか。うまく想像できない。カラスが騒ぎたてる声が心細さを膨らませた。

園内をのしのし我が物顔で歩く猫たちは、よそ者のあたしにふんと鼻を鳴らしてく。

こうして、見知らぬ場所に足を踏み入れてみると、自分がどれだけちっぽけかわかる。立ち並ぶお墓は寂しくて、日常から切り離された感じがして、心もとなくなる。お墓そのものよりも、そのまわりにたち込める目に見えない気配が、恐ろしいのだ。一言で言うなら、死の。

あたしは、なるべくお墓を視界に入れないようにして、枝ばかりの木や猫やカラスを数えるように、早足で歩いた。夕暮れの霊園に人影はない。暗さが増すとともに、空気が濃く重苦しくなってく気がした。

——ひとが見えにくくなる代わりに、ひとじゃないものに逢いやすくなる。

ムギが言ったことを思い返して、背筋がすっと冷たくなった。

ミユキちゃんのことだけを考えてきたけど、もしも他の、怖いものが見えたら……？

今さらそんなことに気がつくと、足がすくんで、動かなくなった。思い込んだら突っ走る、とママに言われたことを思い出す。

あとのまつりって、きっと、こういうことだ。どうせなら、ここを出るまで、気づかなければよかった。

地図を持つ手が小刻みに震える。自分がどこにいるのかさえわからない。あたりを見渡しても、どこも似たように見える。ここからちゃんと出られるのかさえ、不安になる。燃えるような赤い空が、刻一刻と暗く染まってく。枯れ葉が風に吹かれる音さえ、あたしをあざわらってるように聞こえた。

耳を手で覆ってもカラスの不吉な声は鼓膜を震わせ、目をかたく瞑っても空の不気味な赤がまぶたの裏に映る。

急に襲ってきた恐ろしさに、あたしは思わずしゃがみ込んだ。

「なんだいお前さん。こんな時間に」

頭の上から降ってきた、のんびりしたしわがれ声に顔を上げると、おじいさんが立っていた。紺色のセーターにグレーのズボン姿のおじいさんは、髪をきれいに撫でつけて、小ざっぱりと見える。

「こんなとこで迷子なんて珍しいねえ。猫でも追って、お母ちゃんとはぐれちゃったかい？」

おじいさんは腰をかがめると、下駄を履いた足元にすり寄ってきた猫の喉を、やさしく撫でた。

防犯講座では知らないひとに声をかけられたら逃げなさいと教わった。けど、親切で声をかけてくれてるかもしれないのに失礼な態度をとるのはためらわれた。あたしはいざとなったら走って逃げ出せる距離を保って、様子を窺った。

「迷子じゃないんです。ミユキちゃんを捜しに来たんです」

「なんだい、迷子は友達の方かい？」

「いない方がいいんですけど」

わけがわからんな、と言い放つおじいさんの視線が、あたしの手元で止まった。コテンの袋をじっと見てる。はたと思いついて、ドーナツをおじいさんにすすめた。

「よかったらどうぞ。商店街のコテンてお店のなんです。すごくおいしいんです」

「よく知ってるよ」

笑顔になったおじいさんに、あたしは安心した。コテンを知ってるなら、ご近所の、親切なひとなんだろう。ご近所さんならきっと出口も知ってるはずだ。

「ここのパン、好きかい？」

「はい。花は、食べるとうれしい気持ちになるんです」

おじいさんは、俺も大好きなんだよ、とドーナツを見て目を細めた。

「お前さん、花ちゃんてのかい？」

頷くあたしに、おじいさんは、いい名前だなあ、と言ってくれた。

「嫌いじゃないけど、平凡です。みんなもっと凝った感じの名前でちょっと羨ましいです。あたしのは簡単で道端の雑草の花って感じ。一年生で習う漢字だし」

おやおや、とおじいさんは、驚いてみせる。

「花ってのは、ただの花じゃあ、たぶん、ねえぞ」

今度はあたしが驚く番だった。

「花ちゃんは、駒込で生まれ育ったんだろう。だったら、なおさらだ」

おじいさんは、立ち並ぶ枝ばかりの木々を、指さした。

「花ってのは、そこらの花じゃなく、特別な花。桜の花のことだろうよ」

おじいさんによれば、ここ駒込は、江戸時代には染井村と呼ばれ、すごく大きな園芸センターだったという。桜前線の開花の基準になる桜、ソメイヨシノは、染井村で生まれて全国に広がり、日本でもっとも多く植えられた桜になったのだそうだ。

「ソメイヨシノって桜は、葉っぱよりも先に花が咲く。枝ばっかりの木に、ぱあっと花が咲くんだ。若いうちから花を咲かせるのもいい。一斉に花を咲かせて景色を春めかせるのも、もてはやされた理由のひとつだろうよ」

たしかに、学校や街の中に植えてある桜も、みんな同じ頃に咲いて、同じ頃に散る。桜の花が咲くと、春が来たって感じがしてうれしくなる。

おじいさんは、花ちゃんの親御さんは、桜に通じる願いを名前に込めたんじゃねえかなと言った。

「名前ってのは、大事なもんだよ。願いや希望をたっぷり込めた、一番のプレゼントじゃねえか」

あたしの足元に、ぽたぽたと、涙の粒がしたたり落ちた。

「……花のサクラは、咲かないんだよ……」

合格間違いなしのはずの学校に落ちたこと。レベルを下げて受験した学校さえ、試験の出来栄えがよくなかったこと。おじいさんは猫を抱いてあたしの話に耳を傾け、遠くを見つめるように言った。

「すべての子どもたちには、自分の花を自分の力で咲かせる、大きな力があるんだよ」

いつ花が咲くのかは、お天道様がお決めになることだ、と。

花ちゃんのせいじゃねえよ、お天道様の計らいってもんだよ、とおじいさんに言われると、あたしはとうとう歯止めが利かなくなって、声を殺して泣いた。

「なあに、学校ひとつで人生が決まるわけじゃねえ。大袈裟に考えるこたあねえよ」

「でも……、ミユキちゃんに、会いたいから……」

「いない方がいいだの、会いたいだのって、ややこしいな」

あたしは観念して、おじいさんに、ミユキちゃんが幽霊になってないかを確認しに来た、と話した。話し始めると止まらなくなって、病院にはもういないことも、しゃらくんを襲った不運も、悪い予感にしか思えなくてここに来たのだと、一気にまくしたてた。

「お前さん、勇ましいね。大人だってこんな時間にここへは近づかねえよ。来るのはカラスと猫ばっかり。俺は墓ん中にも友達が多いから寂しかねえが、お前さんたちにはまだまだ遠い場所だろう。それをおしても、来るくらいだ。ミユキちゃんてのは、よっぽど大事なおひとなんだね」

「ミユキちゃんがここにいないってわかったら、花は、がんばれる気がするの」

「親御さんも心配してるだろうに」

きっとしてないよ、と言うと、あたしの胸は、掴まれたように縮こまった。

「うちのママ、金魚偏差値が低いから、そんなこときっと気にしないいんだ。今日だって、家にいてくれるって言ってたのに、出かけちゃってたし。花のことなんてどうでもいいのかもしれない。受かんなくていいって言うし」

「なにが低いって？」

金魚偏差値の説明をおじいさんは笑い飛ばした。

「んなもん、気にすることねえよ。少なくともお前さんは金魚じゃない。窮屈な水槽に閉じ込められてるわけじゃねえし、どこへでも歩いていける足もあるだろうよ」

こんなところまで歩いてきちまう足が、と笑う。でも、とあたしは食い下がる。

「いつも最悪のこと考えなさいって言われるの。現実はそれよりマシになるからって」

おじいさんは、そりゃおかしい、とやんわり異議を唱えた。

「花ちゃんは、最悪のことなんて、考えてねえよ。友達に会えない方がいいってのは、いつか実際に会える可能性を確認しに来たってことだろ。花ちゃんが見てるのは、希望だよ。希望のありかを見失ったら、ひとは歩けなくなる。希望ってのは、ひとを前に進ませてくれる力なんだよ」

目から鱗（うろこ）が落ちるって、こういう時の言葉なんだろう。希望って言葉に急に目の前が開けた気がした。

「ひとには、どうにもならんほど大変な時ってのも、あるもんだよ。そんな時でも、次にどこに向かって、どういう一歩を踏み出すのかは、自分で選ぶことができる。

それでも心配だったら、目に見えない力を借りるんだな」

　首を傾げるあたしに、おじいさんはもったいぶって、いたずらっぽい笑顔を見せた。

「ちょうど明日は節分だよ。魔除けにゃ、お誂（あつら）えむきだ」

　おじいさんは、ドーナツをぱくっと一口食べると、いい味だ、と呟く。

「節分てのは、季節はじめの前日で、もともとは四つあったんだ。昔は立春が一年の始まりだったから、大晦日みたいな位置づけのこの時期の節分だけが今に残ったんだろうよ。魔を払い清めて、気持ちもあらたに春を迎えるってわけだ」

「鬼を追い出すってことは、もともと悪いものが家に住んでるってことなの？」

「鬼ってのはもともと、隠れると書いて隠（オニ）、目に見えないもののことを指してたんだよ。悪いもんばっかりじゃなくて、福をもたらしてくれるもんも一緒くただ。鬼だの福だのって、いい悪いを区別したのは人間の欲なんだろうよ。いいことしか起きてほしくないっていうさ。でも生きてりゃいいことも悪いこともある」

　鬼に詳しいんですねって言うと、おじいさんは俺も鬼って仇名つけられてたから親近感があってね、と目を細めた。

「季節の変わり目なんじゃねえのか、花ちゃんもさ」

　そして近くの木に近寄り、幹に触れた。

「春の前には必ず冬がある。冬ってのは、目に見えないものを、じっと蓄える季節だ。この桜だって、冬の寒さを目覚まし役にして、花を咲かせる準備を始めるんだ。芽吹き時ってのは、花によって違う。同じ桜だって、ソメイヨシノと山桜じゃ、ずいぶん違う。ひともそれぞれ芽吹き時は違うもんだよ。みんなと同じじゃなくたって時期がくりゃ咲くのさ。桜は桜だ」

おじいさんは、残っていたドーナツを一気に食べると、指をパチンと鳴らした。

「お前さん、パン屋に相談してみちゃどうだ。なんかいい魔除けをさ。コテンの信条は『パン生地と女子どもには誠実に』だよ。親父がなんとかしてくれるかもしれねえよ？」

きっとおじいさんは、パン屋のおじさんのぎっくり腰を知らないのだろう。今は和兄ちゃんが作っていると告げると、誰だって？　とおじいさんは目を丸くした。

「パン屋のおじさんの、息子さんです。たしか、和久さんて言うのかな」

おじいさんは、目を大きく見開いたまま、黙り込んでしまった。ドーナツも和兄ちゃんが作った新作だと伝えると、いい味だったと言って、両手をじっと見つめた。

「繁盛してんのかい？」

「うーん、最近はあんまり」

新しいパン屋の出現に苦戦しているらしいと話すと、腕組みしたおじいさんは思案顔で、ならなおさら相談してみちゃどうだ、とすすめた。

「誰にだって冬って季節はめぐってくる。生きてりゃ誰だって失敗もするし、辛い目にも遭うもんだ。目を背けるなんざ簡単なことだ。だけど、そこから目ぇかっぴらいて、運命にノーと言わねえ強さが大事なんだ。その強さが、ひとを育ててくれるのよ。いいことも悪いことも、すべてが縁の結び目ってやつだ」

おじいさんは、桜の木の幹をぴたぴたと叩きながら、にかっと笑った。思い出せないけど、その笑顔はどこかで見たことがあるような気がした。

しばらくコテンの話をしてると、カラスがひときわ大きな声で鳴いた。

「そろそろ帰りな、花ちゃん。まっすぐ行けば出口だ。それにほら、お迎えじゃねえか？」

すっとおじいさんが指さす先、薄紫から群青（ぐんじょう）にうつろう空の下には、懐中電灯を手にした人影が見えた。小さく鼻歌を歌っているらしい声は聞き覚えがあった。あたしの姿を見るなり甲高い悲鳴をあげたそのひとは、やっぱり静男ちゃんだった。

「は、花坊かい？　なんだってまたこんなとこに？」

声がひっくり返った静男ちゃんは、あたしの足に懐中電灯の光を当て、手を握って、何度も確かめた。この先のお寺のご住職に、草履を納めてきた帰りなのだという。真っ暗になる前に、近道しようとたまたま通りかかったのだそうだ。

「じゃあさっきからの独り言は、花坊か。おいらはまた、ドーナツ我慢したのに、聞こえちゃいけないものが聞こえちゃってるかと思って、耳に入らないように歌ってたんだよ」

耳慣れたメロディは、おばけはいないと歌う童謡だったと気づいて、あたしはゆるむ口元を手で隠した。

「独り言じゃないよ。おじいさんと話してたの」

「じいさん？　そんな声、しなかったがなあ……？」

お礼を言おうと振り向くと、そこにおじいさんの姿はなく、猫がにゃあと一声鳴いた。

＊

家まで送るという静男ちゃんに無理を言って、あたしはコテンに寄った。気づかなかったけど体は冷えてたようで、あたたかなコテンに入ったら体がほどけてく気がした。

「それで花坊ってば、どっかのじいさんと話してたって言うんだけど、誰もいないのよ」

すずちゃんが、こわっと短く叫ぶ。だろ？　と言いながら静男ちゃんは、パン棚からあんぱんを摑むと、ぱくっと食べた。

「ちょっと、だめですよ、静男さん！」

静男ちゃんは全然悪びれなくて、ひらひらと片手を振る。

「固いこと言うなよすず坊、康平のこづかいにツケときゃいいって」

すずちゃんが無言で腕まくりすると、静男ちゃんは慌ててズボンのポケットから小銭を出した。あたしは笑いを堪えながら、異を唱える。

「でも、あのおじいさんドーナツ食べてたし、足もあったし、幽霊じゃないと思う」

夜食を買いに来た大和さんも、幽霊、の言葉に首を突っ込んできた。

「幽霊に足がないって俗信は、江戸時代の画家が考えたことらしいっすよ？　消した方がそれっぽい雰囲気出るからって。うちの親方そういうの詳しいんすよ」

「たしかに目に見えない方が、神秘的だし謎めいて、広がりが出る感じがする。節分の豆まきだって、目に見えない鬼に向かって豆投げますもんね」

すずちゃんが感心する。あたしは得意になって、すずちゃんに言う。

「鬼ってもともと目に見えないもののことで、悪いものだけを指してたわけじゃないんだって。おじいさんが言ってた。鬼って仇名だったから調べたって」

「鬼って仇名？」

和兄ちゃんが眉を上げた。

「節分て言えば、和兄ちゃんにお願いがあって。『魔除けのパン』を作ってほしいの」

「幽霊とか魔除けとか、花ちゃんにはなんだかすごい注文ばかりされてる」

苦笑する和兄ちゃんに、負けじと言った。

「このお店は、『パン生地と女子どもには誠実に』が信条なんでしょ？」

　和兄ちゃんは静男ちゃんたちと顔を見合わせた。

「和坊、ひょっとして、花坊、鬼八(おにはち)じいちゃんの幽霊に会ったんじゃ？」

　静男ちゃんが襟を掻き合わせてぶるりと震えた。和兄ちゃんのおじいちゃんは、音羽喜八さんといって、このへんのガキ大将だったからか、鬼八という仇名で呼ばれてたそうだ。すずちゃんが染井霊園の地図を開き、静男ちゃんがあたしを見つけた場所を震える指で示す。そこは和兄ちゃんちのお墓のとても近くだそうだ。

「和坊がふがいないから、鬼八じいちゃん化けて出てきやがったんだ。和坊も、ブリなんとかだの、クロワッサン・オジャマムシだの、舌噛みそうなこじゃれたもん作った方がいいんじゃないのか」

「ええとクロワッサン・オ・ザマンドのことですか？　アーモンドクリームのかかった」

　冷静に訂正する和兄ちゃんの隣で、すずちゃんが歯ぎしりをした。

「妙に具体的ですね？　静男さん、まさか行ったんですか、商売敵(がたき)の店に？」

　そっぽを向く静男ちゃんを裏切り者とぽかぽか叩く。

「イマドキのパンすよね」

　ぼそっと呟いた大和さんを、すずちゃんはすごい目で睨みつけ、和兄ちゃんに詰め寄ると、負けてられないよ、と発破をかけた。

「作りましょう！　節分の魔除けパン！　豆パンなんてどうかな、豆まきだし！」

「なら豆カレーじゃないっすか？　カレーって言葉を日本にはじめて紹介したのは、福沢諭吉らしいっすよ。『学問のすゝめ』のひとでしょ。あやかりたい受験生にどうすか？」

　大和さんも身を乗り出す。和兄ちゃんは、うーんと唸って腕組みをした。

「……つの、とか」

　あたしは小さく呟いて、ポケットの中のしゃらくんを握る。

　和兄ちゃんは、目をしばたたいて、つの、と口の中で繰り返すと、背筋をぴんと伸ばした。

「花ちゃん。明日おいで。お母さんに来てもらってもいいし」

「うん」

「お、ひらめいたんすね？　うちの事務所の分も作ってくださいよ！」

　大和さんはあたしに、仕事場のみんながコテンのパンのファンなんだって、ちょっと自慢気に言った。さすが絵を描くひとたちはわかるんだねって相槌を打つと、大和さんはきょとんとした。

「展覧会に慣れてるでしょ？　このお店は、和兄ちゃんの展覧会みたいなものだもんね」

　え？　とみんなが首を傾げる。

「コテンって、個展てことでしょ？　パンの展覧会って意味」

「店の名前の由来は、誰にもわからないんだ」

そう言って和兄ちゃんが指さした壁の、茶色い新聞の切り抜きには、にかっと笑う、和兄ちゃんに似たひとが、写ってた。

4

気持ちが弾んだ。

思わず座布団の上に正座して、ママがコテンの袋を開くのを見守る。出てきたのは、コロネだった。

淡いピンク色のコロネ。

うれしさと驚きと哀しさと諦めと、ほんの少しの期待。

いろんな気持ちがあぶくみたいに弾けて入れ替わる。

「花咲くコロネ、だってさ。出来の悪い洒落だよ」

パンに添えられたメモに、ママは鼻を鳴らすけど、あたしの胸は躍った。

お皿に並べてくコロネはちょっと変わった形。よくある寝かせた形じゃなく、縦型で、自力で立ってる。その天辺に、花がちょこんと飾られてる。

袋には、すずちゃんと静男ちゃんからのメッセージとお守りも入ってた。

「ったく、何だってあの連中はトンチンカンなんだ。すずは王子稲荷(おうじいなり)、静男はとげぬき地蔵のお守りだよ。商売繁盛と病気平癒じゃないか。学問の神様ときたら、天神様だろうにさ」

わかっちゃいないよと口では文句を言ってるけど、ママの口元はゆるんでる。だけど。コロネだ。

さっき持ち上げた時には、黄色がかったクリームが見えた。

「チョココロネ、じゃ、なさそうだね」

あたしは上目遣いにママを見る。チョコじゃないコロネなら、許してくれるだろうか。

ママは、眉間に縦皺を刻んで、あたしを睨むように見る。あたしも負けじと視線を逸らさない。あたしたちは、にらめっこみたいにしばらく向き合った。根負けしたのはママだった。

「……いいよ。食べても」

「ママ、ありがとう！」

あたしは、大きな口を開けて、コロネの太い方にかぶりついた。

ほわっと香る甘い香り。春の風みたいだ。とろけるような黄色っぽいクリームは、カスタードではなく、もっと身近な感じでなつかしい。時々カリッと音を立てるのは、細かいナッツのようだ。目を閉じて、春風の吹き抜けていくようなコロネを、全身で味わった。

「明日絶対受かるよ」

そう言うと、ママの眉間の縦皺はいっそう深くなった。

「受からなくても、いいんだよ」

「もう。またそういうこと言って水を差す」

ママは、苦しそうにぎゅうっと顔を歪めて、絞り出すように言った。

「ミユキは病気でもなんでもない。どっかでピンピンしてるんだよ」

心臓が一瞬、止まったように思えた。

「ママは、ミユキちゃんがどこにいるか、知ってるの？」

「毎月、口座に振り込みがある。昨日はじめて記帳してきたんだ。だいたいの居場所は、支店名からわかった」

「なら捜しに行かないと！」

あたしは思わず立ち上がった。

ママは、動じた様子もなく、じっとあたしを見る。

「落ち着きな、花。ミユキは誰かに連れ去られたわけじゃない。自分の意志で、離れていったんだよ。それを追う権利は、あたしらにはない」

「でも！」

あたしは会いたい、と言おうとして、言葉を呑み込んだ。

ママの目が、潤んでいたから。

「本気で捜したらミユキは見つかると思う。手がかりもある。でもそれは、ミユキだって同じだ。ミユキがあたしらを本気で捜したら、見つけ出せるはずなんだ。だけど今まで会えていないっていうのは、ミユキが本気で捜してないって、そういうことだよ」

ママの声が震える。お互いが傷つくとわかってるのに、わざわざ捜し出す必要なんてないじゃないか、と言葉を振り絞るママに、あたしは何も言えなかった。

「コロネを食べるなって言ったのは一種の願かけだよ。大好物だったからね。わざわざ捜しはしないが、もしあたしたちの間に縁があるのなら、長い人生またどこかで結び合う時も来るだろうって」

「……その願かけを、花は、破っちゃったの……？」

みるみる、手の中のピンク色のパンが、歪んで見えた。膨らんではこぼれる涙が次々にパンに滲み込んでいく。ママの前なのに、うっかり花と言ってしまったのに気づいた。叱られるかと思ったのに、ママは咎めるどころか触れもせず、そうじゃないよ、とやさしく言った。

「そろそろ、あたしたちも、区切りをつける頃合いだよ。花も、ミユキのためじゃなく、あんた自身のために、歩くべき時だ。ミユキのために受験するってんなら、受かんなくていい。だけど、あんた自身の未来のためなら、あたしは全力で応援するよ」

　ママの手が、あたしの頭をふんわりと撫でた。おなかの底からなにかがせり上がってきて、あたしはしゃくりあげた。


　ママは、どこからか、小箱を取り出した。

もうぼろぼろになったその小箱は、あの日、喫茶店で見つけた、タロットだった。

仕事用のタロットはお店に置き、いつもこのタロットをポケットや鞄に入れて持ち歩いてる。まるでお守りみたいに。

　ママは二枚のカードを隣り合わせて置いた。その下の真ん中に一枚、上に、外側にずらした二枚を置く。逆さのピラミッドみたいなその形は、まるで、コロネの形にも見えた。

　黒と金のネイルをほどこしたママの指先が、置いた順番にカードをめくってく。

「〈杖の六〉〈魔術師〉〈星〉〈太陽〉〈金貨のＡ〉。どれも見事に正位置。なにがどうなってもいい結果しか出ないっていう、すこぶるいい配置だ」

　あたしの今の状況を表す一番下のカードは、〈星〉。希望を表すそうだ。

　真ん中の二枚は選択肢、橘花中と別の学校。さらに上の二枚は、それぞれの学校の進学後だという。橘花中に進めば、あたしは自分なりのやり方で努力を重ねて成功するらしい。そして別の学校なら、新しい目標を見つけて力を発揮し、やっぱり成功するらしい。

「つまり、何をやっても順風満帆……って言いたいとこだけど」

ママはちょっと困ったような顔を見せ、あんまりアテにならないかもしれないと言って、カードをもてあそんだ。

「あたしは自分の腕に自信持ってるけどさ、占い師ってのは、自分や、自分に近しい相手のことは占えないらしい。気持ちが入る分、自分が望んだ未来を引き当ててちまうこともあるからね」

「どういうこと？」

「あんた、覚えてるかい？　あたしがこのカードに出会った時のこと」

あたしが頷くと、ママは三枚のカードをあたしの前に並べた。

「はじめてタロットに触ったあの時、あたしは、ミユキとのこれからがどうなるのかを、占ったんだよ」

不思議な模様の描かれた円とライオン、そして、〈星〉のカード。

「簡単に言えばさ、運命に翻弄されるけれども、それに打ち勝って、希望に辿りつくって、そういう結果だったんだ」

〈星〉を、ママはなつかしそうに、持ち上げてみせた。

「花。宿命は変えられないが、運命は変えられる。そのためのヒントを得るのが占いさ。それが、次の一歩を踏み出すために背中を押してくれることもある。あの頃、誰もがあたしの選択に反対したよ。だけどあたしは、この希望のカードに背中を押されて、ここまでやってきた。結局、自分の未来を変えられるのは、自分だけなんだ」

ここまでよくがんばったよ、と言われると、あたしの目からはまた涙がこぼれた。

あたしとママはコロネを頭に載せ、小袋に入った柿ピーを投げ合った。

節分の夜、ママと二人で食べたコロネは、ほんのりしょっぱく、包み込むみたいに甘かった。

*

遠くまで晴れ渡った日。

コテンを訪れたあたしは、まっすぐにレジに向かった。

すずちゃんは顔を引きしめて、あたしを見つめる。お守りのお礼を言うとすずちゃんは、口元だけ笑みを作る。厨房から和兄ちゃんが出てきて調理帽をとる。二人は並んでかしこまった。

あたしは丁寧にお辞儀をして、できうる限りの笑顔を作る。

「合格しました！」

わあああっとすずちゃんが大きな声をあげて抱きついてきた。

和兄ちゃんは大きな拍手をしてくれる。あたしの後ろに立ったママも、ぼそっと、世話になったとお礼を言う。

「コロネ、すごくおいしかった。でも、魔を払うパンってイメージとずいぶん違ってた」

苦かったり辛かったりするかと思ったら、ふつうにおいしいパンだったと話すと、和兄ちゃんが声を立てて笑う。

「ちょっと珍しい感じにしたかったんだよ。『目新しいパン』にしないとね」

すずちゃんがママに、まだこだわってるんですよ、と耳打ちしてるのが聞こえた。

「お豆のパンじゃなかったんだね」

「いや、豆、なんだよ？」

和兄ちゃんは、二つのタッパーをレジ机に置いた。

「節分に豆を使うのは、魔を滅することに通じるから、って言われてる。豆ならいいかと思ってホワイトチョコレートをベースにしたんだ。きなこと、砕いた大豆を飴（プラリネ）がけして混ぜてみた。きなこも、大豆からできてるしね」

ひとつ目のタッパーには、ほんのり黄色がかったクリームが入ってる。すずちゃんが首をひねった。

「ホワイトチョコレートって豆なの？」

「カカオ豆の主成分であるココアバターに、ミルクと砂糖を加えて作ってあるんだよ。色が違っても、カカオ豆から作られている立派なチョコレートなんだ。それにカカオ豆の学名テオブロマカカオは、ギリシア語で神の食べ物って意味。福の神を招くのには、もってこいだと思わない？」

和兄ちゃんは、奥の厨房から、巨大な鉛筆の芯みたいなのを持ってきて見せてくれた。

「これ、コルネ型、っていうんだ」

円錐（えんすい）形のコルネ型に生地を巻きつけて焼くと、コロネができるのだという。

「花ちゃん、つのって言ってたでしょ。あれで思い出したんだ。コロネって日本でできたパンだけど、イタリア語のコルノ、フランス語のコルヌって言葉が語源だって説もある。角とか、角笛って意味なんだよ。それに、フランス語のコルヌと同じ名前の、ヨーロッパの古いおまじないは、魔除けに効くって言われてるんだ」

コルネ型のコルネもフランス語から来ていて、円錐形のもの、って意味らしい。フランスではアイスクリームのコーンもコルネって呼ぶそうだ。おまじないなんてよく知ってるね、ってママが言うと、昔教えてもらったんですって和兄ちゃんはやさしい顔をした。

「生地にはバニラビーンズと桜を練り込んでみたんだ。ビーンズ、つまり豆だし」

和兄ちゃんがもうひとつのタッパーを開けると、ピンク色のきれいな花が、塩の結晶をまとって光ってた。桜だ。

「咲いてたね、パンの天辺にも。うれしい気持ちになった」

「桜の花は、桜茶とか、慶び事にも使われるから、縁起がいい。それに」

「ソメイヨシノは、駒込が発祥の地だから？」

あたしの一言に、和兄ちゃんは、さすが花ちゃんとにっこり笑った。

「礼を言うよ」

ママのあんまり心のこもった感じがしないお礼にも、和兄ちゃんたちはにこにこして、おめでとうございますと言ってくれる。

あたしは、壁にかかった新聞をじっと見てみた。頭の中で、その顔にちょっとずつ年をとらせてみる。白髪になり、皺ができたら。染井霊園で出会ったおじいさんに思える。もしこのひとがあのおじいさんなのなら。

「和兄ちゃん。この額縁の裏側って、見たことある？」

「え？　ないけど……？」

和兄ちゃんが、新聞の入った額縁に手をかけると、封筒が滑り落ちた。コーヒーミルに当たって床に落ちた手紙に手を伸ばした時、ひいひい音を立てて、自動ドアが開いた。

「大和さん。いらっしゃいませ！」

すずちゃんの挨拶に大和さんが軽く頭を下げると、後ろに誰か立ってるのが見えた。

その姿に、目を凝らした。

全身が大きく脈打って、胸が詰まった。

あたしが知っているよりも、髪に白いものが交じっていた。

あたしが覚えているよりも、目元の皺が増えていた。

あたしが思っていたよりも、ずっと痩せていた。

でも。大きな花柄のシャツの中に着たTシャツには、しゃらくんの絵が、描いてある。

「……ミユキちゃん……？」

あたしの声に、ママが振り向く。

「花……。真保ちゃん……」

ミユキちゃんの低い声がかすれる。

あたしはミユキちゃんに飛びついた。ミユキちゃんがあたしをぎゅうっと抱きしめてくれる。顔をうずめるTシャツ越しに、なつかしいにおいがした。鉛筆と、マジックと、絵の具やインクの混じったにおい。ミユキちゃんのにおいだ。目頭が熱くなった。

どれぐらいそうしてたろう。

背後から、足を踏み鳴らす音に気づいた。

振り向くと、ママは、腕組みをして、ものすごく怒った顔をしてた。頭から炎を噴き出すんじゃないかってほど、真っ赤になって足を小刻みに動かしてる。

「二年間、ずっと無視を続けてきたってのに、こんな時だけいい顔かい」

「違うよ、捜したんだ。アパートはもう引っ越した後で会えなかったし、引っ越し先もわからなかった。唯一変わってなかった口座に、振り込みだけは続けてきたけど」

ふん、とママが鼻を鳴らす。

すずちゃんが小さい声で、大和さんにどういうこと？　って尋ねてる。大和さんが花咲くコロネを会社に持って行ったら、ミユキちゃんがつのパンって呼んだそうだ。

「それにほら、花ちゃんのマスコット。どこかで見たことあるなって思ったら、うちの親方のTシャツにそっくりで。花ちゃんのこと話したら、どうしても連れてけって」

「つまり、花ちゃんの、お父さんてこと？」

和兄ちゃんの質問に、あたしはにっこり頷く。

「てっきり花ちゃんくらいの女の子のことかと思ってた」

大きな目をくるくるさせるすずちゃんに、大和さんが美幸と書いて本当はヨシユキと読むと説明する。その間も、ママとミユキちゃんの喧嘩は続いてた。

「真保ちゃん、俺、自分の事務所持ったんだよ。真保ちゃんと花の部屋もあるんだ。切羽詰まって泊まり込むやつがたまにいるけど、一軒家なんだ。仕事ばかり優先するって怒られてきたけど、これなら職住一体で理想的だろ？　どんなに忙しくても一緒に住めるよ」

大和さんが時々泊まるという空き部屋のことらしい。

快諾してくれたらと期待してみるけど、最悪を考えてるだろうママは、やっぱりそっぽを向いた。

「ミユキとはそもそも価値観が合わない。一緒に暮らせたのが不思議なくらいだよ。ミユキにそれがわからないわけないだろ」

ママは証明してみせると言うと、パン棚からやにわに花咲くコロネを両手で摑み、ひとつをミユキちゃんに突き出した。

真剣なまなざしで二人は向かい合う。映画の決闘シーンみたいに、緊張感が漂った。

ママが顎をくいっと上げて促すと、ミユキちゃんは思いきりコロネの太い方にかぶりつき、ママは細い方を一口大にちぎり、太い方のクリームをつけて口に運ぶ。

あたしを見て、ほらね、気が合わないだろう、と憮然（ぶぜん）とした。

「しゃらくせえなあ。パンなんて、どこから食っても一緒だろ？」

なつかしいミユキちゃんの口癖に、あたしは胸がいっぱいになる。そう何度も口にしてるうちに、写楽（しゃらく）って浮世絵師の話になり、しゃらくんをミユキちゃんは創り出した。

「コロネだけじゃないよ。あんぱんだって、あたしはこしあん派なのにミユキはつぶあんだし、ジャムパンだってあたしはいちご、ミユキはあんず派だ。決定的に違う」

ママはむきになって言う。きっと、ママはうれしいのだ。でも、照れているのだ。

一旦押し黙ったミユキちゃんが、ママに頭を下げた。

「真保ちゃん、悪かったよ。病院から黙って抜け出して。どうしても期限を守りたい仕事があったんだ。真保ちゃんも花も、仕事もお客さんも仲間たちも、俺には全部大事なんだよ」

何度も過労で倒れて病院に担ぎ込まれ、そのたびに勝手に抜け出してきたらしい。

ママは腕組みして窓の外に目をやった。

「本気で捜したら、あたしたちのことは見つけられたはずだよ」

ミユキちゃんが、ぐっと言葉に詰まったのがわかった。

「それは、真保ちゃんが、俺のことを避けて姿を消したから。無理やり捜し出したら、悲しむかもしれないじゃないか」

「つまり」

　あたしが口を開くと、言い合ってた二人は口をつぐんだ。

「ママは、ミユキちゃんの気持ちを尊重して捜さなくて。ミユキちゃんは、ママが悲しむと思って、捜さなかったってこと？　それって、どっちもお互いを一番に考えてるってことだよね。中身は違っても、パンが好きってことは同じみたいに。細かい違いがあっても、根本は同じってことなんじゃない？」

　そう、きっとソメイヨシノや山桜が、同じ桜の木であるみたいに。

　二人は、びっくりしたように顔を見合わせる。

　すずちゃんが小さく拍手を始め、みんなが続いて、コテンの中は、拍手に包まれた。

＊

　卒業生を送る歌が、まだ体育館から響いてくる。

　昇降口の前では、ブレザー姿で先生と記念撮影する行列ができたり、袴姿の女子たちが涙ぐんで抱き合ったりしてる。

　さよなら、もしかしたら、またいつか、と口の中だけで呟きながら、その横をすり抜けて、あたしは、校庭の片隅に走ってく。着慣れないブレザーは窮屈で、卒業証書の入った紙筒を振り上げても、腕があまり上がらない。それでも、いつもの花壇の桜の木の下で、真新しい制服姿のムギは手を上げて応じてくれた。

「どう?」

「咲いてる、ほら」

ムギが、桜の木の幹から、一輪飛び出して咲く花を指さした。

例年に比べてやや早く開花した東京の桜は、街のあちこちで、濃い赤の蕾を風に揺らしてる。咲いてる花はまだ少ない。

ムギも、あたしも、春からは第一志望の学校に進学する。こうしてムギと話すのも、次はいつになるんだろう。だけど、どんなところにいても、あたしたちはきっと、自分たちの足で歩いていける。好きなところへ。

「花さんと会えなくなるのは、ちょっと寂しいけど」

あたしは全然寂しくないと言うと、ムギが泣きそうな顔をした。そうじゃなくて、とあたしはコテンでこっそり和兄ちゃんと話したことを言い添える。

「縁って、たとえ一度途切れたとしても、結ばれるひととは結ばれるものみたいだし」

振り向く体育館の入り口には、ぎこちない距離を間に残して、ママとミユキちゃんが佇んでる。あたしは二人に手を振った。

桜の花は、もうすぐ一斉に、咲き始めるだろう。
薄紅色の花が雲みたいに空を隠す中、あたしたちは新しい道を歩き始める。
その道がどんな未来につながってても、次の一歩を、あたしたちは選んでいける。
咲き始めた花に顔を寄せて、あたしは春の息吹を思いきり吸い込んだ。

第四話　縁結びカツサンド

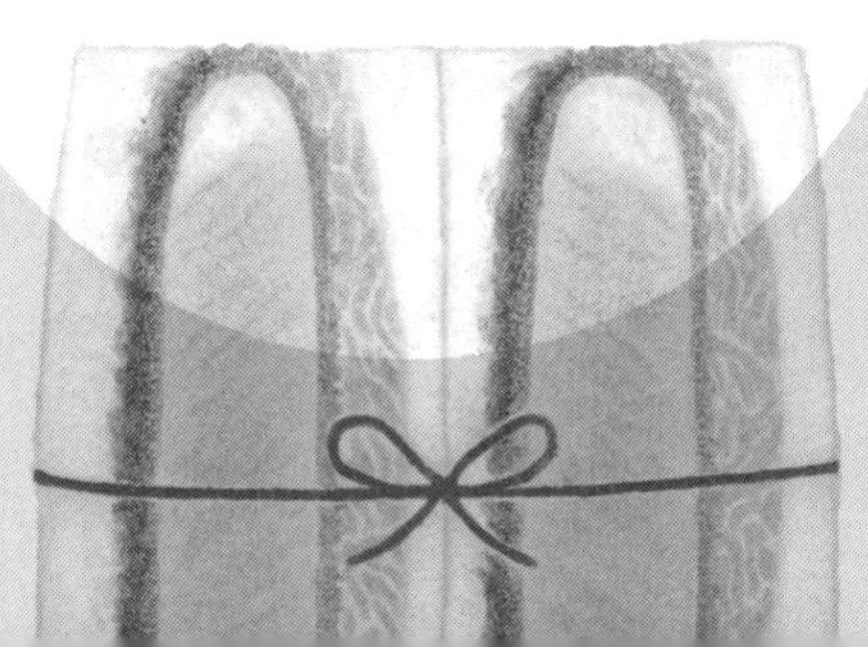

1

一晩中鳴き明かしていた蝉が、日の出とともにどこかへ飛んでいったらしい。

夏の空気は重い。のしかかるような湿気をはらんだ空気をシャワーで洗い流すと、ほの白い空に光が差していた。

また、じいちゃんの命日が、近づいていた。

三回忌を前に見つかったじいちゃんの手紙は、俺に宛てて綴られていた。

日付からすると、亡くなる直前に書かれたもののようで、綴られた言葉はじいちゃんの少しかすれたような声で頭の中に響いた。

じいちゃんの手紙には、自分を否定するなと書かれていたが、土台無理な話だ。

悩みばかりが目の前にある。丸二年の月日は決して短いものではないはずなのに、あの頃から成長していないように思えて、苦しくなった。

何かを選ぶことは何かを切り捨てることだと誰かが言っていた。

かつてパン屋になる未来を切り捨てたはずの俺が、あちこち回り道をして、今この場所に立っている。

じいちゃんが開いたベーカリー・コテンは、名前の由来もわからない。明文化されたレシピもない。意気込みと心意気だけで六十年近く続いてきた店だ。昔なつかしいと言えば聞こえはいいが、時代に取り残されたエアポケットのような店。

もしかしたら、なくなっても誰も困らないかもしれない、店。

「和兄、ちゃんと聞いてる？」

耳元で大きな声が響き、慌てて顔を上げた。レジの前にすずが膨れ面で立っていた。春から短大に通い出したすずは、化粧を覚えたせいか、ぐっと大人びて見える。忙しくなりアルバイトを辞めてからは、こうして客の一人として立ち寄ってくれるのがありがたい。

「ごめん、なんの話だっけ」

「だから、夏祭りのこと！」

もう、とすずは色づいた唇を尖らせて、ウインナロールとカレーパンをレジ机に置く。

うらら商店街の年間行事の中でも大きなウェイトを占める夏祭りは、例年どおり、八月末の土曜日に開催が決まっている。

商店会青年部が音頭をとって準備を進めるため、実行委員長を兼ねる青年部部長の賢介は、連休明けからあちこちを飛び回っていた。もともとの祭り好きに加えて、思いたてば猪突猛進する性格も手伝ってか、新しい食材を紹介する食の展示会のようなものにまで足を運んだらしい。

「屋台出すってことと、和兄と一緒だってこと以外、なにも教えてくれないんだよ」

「ああ、それは俺も同じ。それ以上のことはなにも知らないよ。第一、なんの屋台をやるのかも聞いてない」

すずは再び、もう、と眉間に皺を寄せる。

「忙しいんじゃないの、手続きやら根回しやら。人気投票にも参加するんだろ」

地域の小さなお祭りとはいえ、商店街全体が参加しての行事はそれなりに大がかりだ。毎年商店街のはずれに位置する大きな公園を会場に、櫓(やぐら)を組み、周囲をぐるりと食べ物の屋台や露店が囲んで、午後から宵の口まで千人ほどの地域住民を迎える。櫓の上では和太鼓の演奏や子ども会のお囃子(はやし)が場を賑わせ、婦人会を中心にした盆踊りが花を添える。

今年の目玉企画は食べ物屋台の人気投票で、参加型企画の上、一位には報奨金も出るとあって、参加者・出店者の両方から注目を浴び、来場者も増えると見込まれていた。

すずは大きくため息をついて、パンの袋を受け取った。

「和兄にも言ってないとなると、一人で抱え込んでるんだねきっと。反動なのかな、最近おかしいの。塊肉を撫でてうすら笑いを浮かべてたり、肉をぼうっと見つめてたかと思うと急に赤くなったり青くなったり。肉馬鹿なのは知ってたけど、気味悪いくらい」

　階段を下りてきた母が、肉馬鹿と聞きつけて、あら賢ちゃんの話？　と会話に加わった。

「この間、婦人部の集まりにも顔出してくれたのよ。年頃の娘を持つ大変さでおばちゃんたちと意気投合してたわ。すずちゃんのこと心配してるのね」

　春先、商店街を賑わしたジャージ事件は大騒動になりかけた。短大デビューしたすずの服に、露出が多いの、体の線が出すぎるのと賢介が難癖をつけ、しまいにはジャージでの登校を強要したらしい。賢介は親父連中を味方につけ、すずは娘世代を率いて対立した。真澄（ますみ）おばちゃんがなんとかとりなして、女子短大だから心配無用とすず側の主張が通ったのは連休が明けた頃だった。共学だったらきっとまだ火花をバチバチ散らしていたに違いない。

　賢介は昔から、すずのこととなると、心配の虫がおさまらないと見える。

「むしろ心配なのは賢兄ですよ多美子（たみこ）おばさん。世間一般の常識からずれてますもん。ジャージじゃないなら作業着はどうだって、本気で言ってきますからね」

「賢ちゃん、お父さん代わりだから、すずちゃんが何より大事なのよ」

　すずの進学で、肩の荷をひとつ下ろした安堵もあるに違いない。これまで賢介がすずのためにと心を砕いてきたのを、俺はずっと見てきた。すずは知らないだろうが、短大の合格発表が出た時は本当にうれしそうで、一緒に祝杯を酌み交わした俺まで、視界がうっすら滲んだものだ。すずは肩をすくめる。

「それはありがたいんですが、そろそろ私と肉以外にも目を向けてほしいんですけどね。ここ最近なんて、仕入れ始めた銘柄豚の話しかしませんし。脳味噌がわりに肉味噌詰まってるんじゃないかって母さんとも危ぶんでるんです」

それもプロ根性ねと妙なところに母は感心して、しっかり銘柄豚の特売日を聞き出す。すずを見送ると、厨房の壁に貼ったカレンダーに早速、特売日と、赤い円を書きこんだ。

「あれ、三回忌、夏祭りの翌日？」

「そうなのよ。ご住職と相談したんだけど、命日前だとここしか都合がつかないらしくて。でもお祭りは賢ちゃんたち青年部が引っ張ってくれるから、私らは気負わず済むでしょう？」

「たぶんね。明日、打ち合わせに行ってくる」

子どもの頃から楽しみに参加してきた夏祭りだが、客として訪れるのと、もてなす側とでは、ずいぶん勝手が違っていた。はじめて実行側に回った昨年は、じいちゃんの新盆や一周忌と重なりろくにかかわれなかったが、その分、今年は心血注いでもらうと、実行委員長直々に申し渡されている。食品の屋台を出す以外、なにも聞かされていないが、覚悟して待つしかない。

　夏祭りを指揮する商店会青年部は、余興班、物販班、食品班に希望制で班分けされる。櫓の演目と盆踊りの調整、当日の司会やＳＮＳ運営を行う余興班。おもに子ども向けのチープな玩具や射的、金魚すくいなどを扱う物販班。食品班は通称メシ部と菓子部に分かれ、綿菓子やりんご飴などの屋台を出すのが菓子部。それ以外の食品を扱うのが、俺たちが参加するメシ部だ。

　屋台の人気投票の対象となるのはこのメシ部で、報奨金目当ての気合の入った連中が集まるらしい。こまごまとした決まりは飲食店経営者が一人でも加われば済む話で、本業と同じ品目は扱わないという制約はあるものの、猛者揃いになるらしいと風の噂に聞いた。

　賢介が屋台出店を持ちかけてきたのは、心配してくれた節もあるらしい。屋台をきっかけに、店に足を運んでくれるひとが少しでも増えればと考えてくれたようだ。六月、理央さんたちの結婚パーティで、旧古河庭園の洋館にドーナツを大量に納入した時には売上が盛り返したが、暑さが増すごとにじりじりと数字は下がっていった。

　ただでさえ、夏はパンの売れ行きが落ち込むものだ。暑すぎて客足が落ちるのに加えて、どうしても傷みやすいイメージがつきまとう。実際、余計なものを加えていないうちのパンは、なるべく早めに食べてもらわなくてはいけないから、焼き上がりのタイミングにも気を遣い、少しでも予想が狂うとロスに悩まされた。ましてや今年は、新しくオープンしたベーカリーカフェが、予想以上の痛手となっていた。

大通り沿いにできたカフェ、パニエ・ドールは、通りすがりに覗くといつも客で込み合っていた。

舗道にうっすらと影を落とす日よけ布は華やかな赤と白のストライプで、バスケットらしき絵と店の名が描かれていた。金色のパン籠を意味する、店のロゴらしい。

名に金色と冠するだけあり、バターたっぷりのリッチな生地のパンを得意としていて、デニッシュ類やパイ、クロワッサン、ブリオッシュなどが所狭しと棚に並んでいた。店の外にまでバターの焼ける香りがあふれまくるのも戦略のうちなのだろう。店内のカフェスペースにも空席はなく、大型のエスプレッソマシンがひっきりなしに湯気を吐き出していた。認めるのも癪だが、いつか店に来た営業マンが言っていたように、ベーカリーカフェが当たったらしい。

バターをふんだんに使っている割に価格が抑えられているのは、チェーン経営の利点なのだろう。種類も多く、月替わりのパンや季節の限定品など、目先の変わるメニューにも工夫が凝らされていた。それもそのはずで、渡された資料によればセントラルキッチン方式で運営されているはずだから、成形まで済んだ生地が冷凍されて運ばれ、店での仕事は焼成だけだ。発酵時間を待たなくてもよいのだから、時間も労力もうちとは比べ物にならない。間仕切りの向こうに見える厨房では、次々と新しいパンがファストフードよろしく焼き上がっていた。

それに比べて。

俺はレジ机に立って、店の中を見渡してみる。

「昭和の遺物、って感じだものなあ」

セントラルキッチンどころか、今やどこの店でも当たり前になっている工程管理機器のドウ・コンディショナーやミキサーすら、大活躍とはいかない。じいちゃんから受け継がれた頑固なまでのこだわりで、パン生地の機嫌は手で捏ねなきゃわかるわけがないと、仕上げは必ず手仕事だ。父もそれをかたくなに踏襲し、困ったことに俺にまでその性分は引き継がれているらしかった。

感覚を言葉で伝えることはできないからと明文化されたレシピもない。体で覚えろとばかりに、日によって異なる天候と、感覚や経験値との戦いだ。こんなのも最新式の機械ではすべてデータ化されて、最適な割合で配合できるのかもしれない。

それでも、目に見えないなにかがそこにこもるような気がして、ただひたすらに、生地を捏ね上げる。もしかしたらそれは作る側の勝手な思い上がりで、出来上がりにはさほど違いなんてないのかもしれないが。

オープンの一時期だけではなく、うちとは比べ物にならぬほど、客足の途切れないベーカリーチェーンの活況は、職人の魂みたいなものをゆるやかに締め上げていく気がした。

あの時、フランチャイズの誘いを断ったのは、間違いだったのだろうか。

今時、十年一日のごとく変わらないパン屋なんて、誰も求めてないのだろうか。

手早く便利で、間違いのないことばかりが、何においても優先されていくのだろうか。

とどのつまりはいつも同じ疑問に行きつく。

じいちゃんたちが守り抜いてきた店を受け継ぐ俺に、できることは何なのか。

答えのようにひらめく、自分のパンという言葉とともに。

その、自分のパンはまだ、見つけられていない。

店の他のパンにも馴染み、それでいて、新しいもの。俺が作りたいパンは、そんなパンだ。じいちゃんと父が生み出し、長く愛されてきたパンの中に並ぶ、新しいもの。それは言うほど簡単ではなくて、自分と向き合えば向き合うほど、パン職人の道をまっすぐに進んできていない劣等感にぶつかる。俺が学んだフランス料理は——といってもかしこまったコース料理ではなく、家庭料理に近いビストロ料理だったが――うちのパンと組み合わせるのは難しい。かといって、フランスパンなどハード系のパンは、うちのお客さんにも店にも馴染まない。

家業のパンを切り捨て、飛び込んだフレンチで積んできた経験を切り捨て、またゼロからのパン屋修業。積み上げては崩れていつまでも出来上がらないのは、まるで賽(さい)の河原に幼子が積むという石ころみたいだ。

成長なんて感じられるはずがない。

店を守ることも味を守ることも、それは結局、音羽喜八(じいちゃん)という一人の男の考えや生き方そのものを受け継ぐということだ。言葉で伝えられていない、受け継ぐべき思いの核みたいなものは、やはり、店の名に隠されているらしいとじいちゃんの手紙からわかった。もっとも今となっては、正解を確認しようもないのだが。

昼前後の客足のピークを過ぎ、午後をまわると、店はだいぶ落ち着いてくる。

母が婦人会の盆踊り練習に出かけると、レジ机の端からコーヒーミルをとり、厨房に引っ込んだ。いつもなら棚の様子を見て補充分を焼き上げたり、新しいパンの試作をしたりする時間だが、今日は父から話があると言われていた。

豆を挽き始めるとすぐに芳ばしい香りが厨房に満ちた。じいちゃんの形見のコーヒーミルは古ぼけてはいるがまだまだ現役だ。機能的には申し分ないものの、じいちゃんと一緒に時を重ねてきた分、見てくれはかなり時代がかっていて、金属で打ちつけられたメーカー名らしきアルファベットはとれてなくなり、二文字しか残っていない。

ハンドドリップのコーヒーもまた、豆を挽くスピードや力加減、ドリップの仕方で味が変わる。一定の味を保つことが難しくもあり、面白くもある。その魅力はパンとも通じる。だからじいちゃんも、日課にしていたのだろう。

朝四時に厨房に仕込みに入ると必ずコーヒーを淹れていた。まるで儀式かなにかのような、真剣な手つきで。

あのコーヒーに比べたら数段劣るに違いないが、父は、俺のコーヒーに無言で頷いた。

「三回忌な。返礼に、食パン、つけようと思ってる」

父の提案に、俺はカレンダーに目を走らせた。

「前日、夏祭りなんだ。俺、賢介と屋台出すから手伝えないよ」

いいんだ、と父はクリームパンにも似た両手でカップを包み込む。

「その日は店は休もうと思ってる。夏祭りを口実に休む店は他にもあるし、どうしてもパンをというお客様には、お前たちの屋台を案内すればいいだけの話だ」

パンを扱うとも決まっていないのだが、しばらく考えていたんだ、と父は続けた。

「うちの売りは親父の時から変わらないパンだ。三回忌はひとつの大きな区切りだし、お世話になったひとたちをお招きするのもこれが最後だろうから」

三回忌が終われば次は七回忌、親族だけでの法要になる。父はそのつもりで言っているようだが、七回忌時点での店の存続を危ぶんでもいるのだろう。じいちゃんにゆかりのあるひとたちへ、じいちゃんから受け継いだパンをベーカリー・コテンの名で手渡せるこの機会が、最後になる可能性を考えているのかもしれない。

呉服屋の奥さんが閉店の挨拶に来たのはつい先日のことだ。

商店街には、新しい店もできるが、同じかそれ以上に、消えていく店が多い。長く続いてきた店ならなおのこと、時代の流れで商売が成り立たなくなるところもある。移ろい、変わりゆくのが世の常とはいえ、同じ商店街に軒を連ねてきた仲間が去るのも、見慣れた風景が変わるのも、寂しいものだ。

そしてそれは、他人事では決してない。

少なくとも今の経営状態なら、次に挨拶に回るのはうちかもしれないのだ。

カップを口元に寄せた時、店の方から、低い声が轟いた。

「ちょっと！　客ほったらかして休んでんじゃないよ！　つぶれるよ！」

レジ机越しに目を吊り上げているのは魔縫さんで、俺が慌ててレジに立つと、ふんと思いきり鼻を鳴らした。経営する占いサロンのまかないに、うちのパンを使ってくれているらしい魔縫さんは、夕方から夜にかけて訪れることが多い。厳しいご意見はいただくものの、三日にあげず通ってくれているのは、それなりに気に入ってくれているのだろう。

「今日はいつもより早いんですね」

クリームパンとチョココロネ、くるみぱん、ドーナツを袋に詰めながら尋ねると、魔縫さんはそっぽを向きながら答えた。

「これからあっちに行くって、花が言うから」

あっちとは、夫のミユキさんの仕事場のことだ。数年ぶりの再会を果たした後も、魔縫さんと花ちゃんは、二人で駒込に住んでいる。花ちゃんの学校に通いやすいし、魔縫さんの職場があるかららしい。時々は今日のように花ちゃんたちがミユキさんのところに行ったり、ミユキさんが泊まりに来たりするようだ。

「そういや、うちの宿六（やどろく）から連絡あった？」

「ミユキさんからですか？　いえ、とくには」

「じゃあ近々来るはずだ。取材を頼みたいって言ってた」

魔縫さんによればそれは雑誌の取材で、ミユキさんが書くコラムで、うちを紹介したいという話だった。

夕食の食卓でその話を持ち出すと、母はカツオの刺身を取り落とすほど舞い上がった。

「うちが『マダム・オリヴィエ』に載る日が来るなんて！」

「知ってる雑誌？」

知ってるも何も、と頬を上気させて母は、マダム層に絶大な人気を誇るというその雑誌について熱弁を揮う。引っ張り出してきたバックナンバーでは世界的指揮者が行きつけの蕎麦屋を紹介していた。

「とにかくすごいのよ、〈わたしのお気に入り〉ってコラム。各界で活躍する有名人がお気に入りの食べ物を紹介するんだけど、取り上げられた店は軒並み繁盛、満員御礼、連日売切れ御免なんだから」

夢みたいだわ、と浮き立っていた母は、急に思い当たったのか、血相を変えて美容院や着るものの心配をし始めた。まだ決まったわけじゃない、とかける声もまるで耳に入っていない。そもそも紹介されるのはパンであって、母ではない。

父はテレビの野球中継を眺めながら、ビール片手にきゅうりとちくわの酢の物をつついている。

「すごく光栄な話よ、ねえ、お父さん」

試合の動向から目を離さないまま、気のない返事をする父に、母が語気を強めると、枝豆を弄びながら父は、お前はどう思う、と尋ねてきた。

「いい話だと思うよ。一時的にでも興味を持ってくれるひとがいたらありがたいし。そこから先につながってくれる可能性だって、なくはないし」

「馴染みのお客さんの迷惑になるのはな」

ようやく思案し始めたらしい父の背中を、母がばしんと叩いた。

「なに悩んでるのよお父さん。これはチャンスよ。『マダム・オリヴィエ』に載るのは、長年愛されてきた地域の老舗ばかりなんだから。一流店もあれば、うちみたいな庶民的な店もあるし、もしおじいちゃんが元気だったら、喜んで応じてたはずよ」

たしかに、じいちゃんが生きていたら、面白がったに違いない。父もじいちゃんの名を出されるとさすがに反論しづらいらしく、条件をつけて俺に丸投げしてきた。

2

「見ろよ和久、あの雲」

感慨深げなため息をハンドルに吹きかけて、賢介がうっとり正面を見た。カーラジオからは、夏の青空にいかにも似合う、陽気なボサノヴァが流れている。高速道路の防音壁に切りとられた空に、白い雲が規則正しい縞模様を描いて浮かんでいる。

「きれいだなあ。上等なスペアリブみたいだ」

「ロマンの欠片もないな」

吹き出すと賢介はムキになった。

「何言ってんだ、スペアリブなんてロマンの塊だぞ。骨つき豚バラだからな。バーベキュー、ソーキそば、排骨飯(パイコーファン)。骨を外せばベーコンに角煮、サムギョプサル。ハムやソーセージの中身にしても秀逸だ」

「ロマンじゃなく食い意地の塊だろ。それより、いい加減、目的地くらい教えろよ」

俺はミラー越しに賢介を軽く睨む。

みっちり打ち合わせると申し渡されてはいたものの、遠出とは聞いていない。

成田精肉店の冷蔵冷凍車が店の前に横づけされた時に、その可能性に気づくべきだったのだろうが、うっかりTシャツにハーフパンツ、サンダルのご近所スタイルで助手席に乗り込んでしまった。賢介もたいして変わりのない服装だが、年がら年中Tシャツ姿の男のドレスコードはまるで参考にならない。車が首都高に乗り、東(とう)名(めい)高速に入っても、幼馴染は「着けばわかる」の一点張りで、既に視界の富士山は大きくなり、名も知らぬ山々が連なって目前に迫っている。

夏祭りの準備の一環なのだろうが、秘密主義もここまで徹底されると閉口する。

「ところでよ、メシ部のメンツ、出揃ってきたぜ」

「ああ、酒屋の親父さんが焼きトウモロコシ出すって話してた」

「あとはたこ焼きと焼き鳥、焼きそば。まあ祭りらしいが」

出店するのは鮨屋や酒屋など飲食店の他、内科とバー、クリーニング屋と味噌屋などの混合チームだという。思い浮かべてみると、賢介にも劣らぬ祭り好きな面々ばかりだ。たしかに猛者には違いないが、品目は奇をてらうわけでもなく、オーソドックスなものに思える。そこがかえって怪しい、と賢介は言う。

「情報操作は刑事ドラマじゃ基本だ。顔ぶれからして、おとなしくたこ焼きや焼きそば出すわけがねえ。こっちだって情報漏洩には細心の注意を払ってる」

だからといって、実の妹や俺にまで秘密にしなくてもよいと思うが、敵を欺くにはまず味方からが刑事ドラマの定石だと譲らない。

「で、何を出すつもりなんだよ」

口元をにやりと歪め、賢介は悪人めいた笑顔を見せる。

「ロマンだよ」

それ以上のことは、やっぱりなにも語らない。大事なことほど語らない。昔からずっとこの調子だ。

諦めて眺める窓の外は、いつの間にか防音壁がなくなり、濃く茂る緑が広がっていた。


やがて成田精肉店の冷蔵冷凍車は、緑深い山を背にした、だだっ広い駐車場の隅っこに停まった。他に車はなく、ドアを開けるなり、熱風と、けたたましい蝉の鳴き声に包まれた。

山裾に散らばしたように赤い屋根の低い建物が並ぶ。頭ひとつ飛び出した中央の二階建ての建物の後ろには、給水塔のようなものも見える。どことなく工場のような雰囲気だが、高村商店という看板からは、業種さえわからない。

賢介が車の後ろの冷蔵庫を開けると、もくもくと冷気が噴き出した。段ボールを取り出した賢介は、カジュアルすぎる服装に戸惑う俺に構いもせず、二階建ての建物にずかずかと足を踏み入れる。ほんの数十歩の距離なのに、あっという間にTシャツに汗が滲んだ。

促されて開けた扉の先、目に飛び込んできたサイケデリックな色彩に度肝を抜かれた。

天井から吊り下げられたそれは大漁旗のようで、放射状に光を放つ太陽と飛沫を散らす大波に、変わった形の宝船と、雄壮な筆文字が躍る。

「愛ら豚？」

力強い揮毫の「ら」のバックには、ピンク色のハートまで描かれている。灰色の壁と扉が並ぶ無機質な建物にはおよそ釣り合わない極彩色だ。

呆気にとられる俺の横で、賢介は、ちはーす成田精肉店です、と大声をあげる。何度目かのどら声がロビーに響いた時、右側の扉が開いて、マシュマロのおばけみたいな、白く大きな塊が飛び出してきた。

「成田さん！　お待ちしていました！」

声からすると女性らしい。フードつきの白衣とマスク、白エプロン。ミイラ男みたいに、そこだけあいた目元の空間から、ひとなつこそうな目が覗いている。

「こいつも一緒にいい？　和久ってんだ。こちら、高村愛歌さん、愛ちゃん」

慌てて頭を下げると、愛ちゃんもマスクとフードを剝ぎとり頭を下げる。向き直った頭部には、きれいな三角形をしたピンク色の耳が揺れていた。

「パン屋さんですよね？　成田さんからお噂はかねがね伺っています」

耳つき女子にそう微笑まれても、こちらは愛ちゃんが何者かも聞いていないのだから、愛想笑いを浮かべる他ない。恨みがましく賢介を見つめると、何を勘違いしたのか、いい笑顔で親指を立ててきた。

先導する愛ちゃんの頭に揺れる耳は気になったが、聞いてよいものやら迷い、結局案内された応接室に入るまでに、話すタイミングを捕まえ損ねた。

どうぞ、と開け放たれた扉の中を見て、俺はまたも驚いた。

扉を開けてすぐに目に入るのは、巨大な船舶模型。博物館かなにかの展示ケースをまるごと移設してきたのだろうか。ガラスケースに入った大きな船は、両腕を伸ばしてもまだ足らぬほど大きくて、応接室の中で圧倒的な存在感と違和感を放っていた。

尋ねる隙も与えられぬうちに、賢介と愛ちゃんは、船の前に進み出た。腰から直角にお辞儀したかと思うと、大きく柏手を打って、愛ちゃんが高い声を響かせる。

「ペリーテイトックニィカンシャア！　ゴセンゾォサマニィカンシャア！」

何語かもわからない、抑揚のついた歌のような呪文のような言葉と、再び最敬礼。

気圧されて立ち尽くしていると脇腹に肘鉄が入り、慌てて頭を下げた。ここで賢介に逆らえば容赦なく置き去りにされると踏んで、おとなしく従ったものの、わけがわからない。

船と、その奥の応接セット以外にはなにもない殺風景な部屋だが、窓の向こうに広がる空と緑が一枚の絵みたいにうつくしい。愛ちゃんが段ボール箱を抱えて席を外すなり、応接セットのソファに腰を下ろした賢介を問いただした。

「これ、本当に夏祭りと関係あるんだよな？　猫耳の彼女も？」

「猫じゃない、豚だ。養豚場だからな」

質問を重ねようとした時、黄色い作業着に着替えた愛ちゃんが、お茶を運んできた。豚耳を揺らしながら出してくれたお茶は熱く、お茶請けのつもりなのだろうか、小皿には、こんがりと焼かれたウインナソーセージが載っていた。

んまい、と見る間に平らげた賢介に促され、食べてみると、なるほど納得した。たしかにうまい。

豚肉特有のうまみのある脂がさっと広がって、甘い余韻を残す。お茶を口に含むとさらりと味わいは消え、いくらでも食べられそうな気がした。暑い夏空の下、ビールと一緒に食べたらきっと最高だろう。

「もしかして、屋台にこれを？」

答える代わりに、満面の笑みを返した賢介は、向かいに座って目を輝かせる愛ちゃんと笑みを交わす。

「けど賢介、店にソーセージ置いてるだろ」

本業と同じ品目は取り扱い禁止だ。実行委員長自ら規約違反というわけにはいかないだろう。懸念する俺に賢介はこともなく言い放った。

「だからお前がいるんだろ」

「でもうちもウインナロール出してるし」

「あるだろ、打開策が」

腕を組んだ賢介が、じっと俺を見た。

「……アメリカンドッグとか、ホットドッグとか？」

「おうよ。少なくともうちの店でもコテンでも扱ってねえだろ」

たしかにウインナロールと比べると、アメリカンドッグは衣も調理方法も違うが、ホットドッグは、焼き上げ前か後か、ウインナソーセージを挟むタイミングの違いしかない。どちらにしても工夫の余地はあるものの、ざっくりまとめればウインナソーセージとパンだ。果たしてそれで別物と納得を得られるのか疑問が残る。だが賢介は、俺がいいと言ったらいいのだと、ガキ大将さながらの強引さで押し切った。

「俺はこのうまさを、少しでも多くのひとに届けたいんだよ」

食の展示会で出逢った愛ら豚に、賢介はただならぬ衝撃を覚えたのだそうだ。

「豚肉って、牛や羊に比べると、融点が低いんだ。体温に近いせいで食べると脂がいい具合に融けるもんなんだけど、愛ら豚は一般的な融点よりさらに低いから、口の中でとろける」

そしてあの肉質、と賢介は、目の前で見えない豚肉の塊を扱うように、手を動かし始める。

「豚ってのは繊細な生き物である上、ストレスと肉質は密接に関連してる。つまりな、丁寧に丁寧に、心と手をたっぷりかけてもらった豚だからこそ、生まれるうまさだってわけよ」

ありがとうございます、と頭を下げる愛ちゃんの目は、心なしか潤んでいるようだ。実際に手間暇かけて、豚を育てているらしい。きれい好きな豚のためにこまめな清掃はもちろん、繁殖から肥育までを担うここでは、日々生まれる子豚を体の大きさでより分けて、別々に育てるのだという。体の小さい子豚は、体格のいい他の兄弟豚たちからいじめられて、弱ってしまうからだそうだ。

「どの子も元気に育ってほしいのです。どんな子たちも」

愛ちゃんの話を聞く限り、養豚業にとってもやさしい時代ではないらしい。かつては郊外だった場所も今や住宅がひしめき、近隣からの理解が得られず立ち退きを迫られたり、生き物相手の休みのない仕事に後継者が見つからなかったりして、小規模農場はどんどん減っているのだという。この半世紀で約十倍にもなった肉の消費量は、システム化された大手農場や輸入肉の担うところが大きく、小規模でも生き残っている農場は、独自の戦略を打ち出しているところなのだそうだ。

——同じだ。

うちの店が抱える問題とよく似ていた。

一時は畳むことも考えた、と愛ちゃんは言う。けれども、できるところまでやってみようと先代社長だった父親の説得と技術的な努力を重ね、銘柄豚である愛ら豚を開発し、数年前に手作りハム・ソーセージ工房を新設して、生産者直販を始めたという。愛ちゃんハタチの時の話らしい。

「食べてもらえたらわかると思うのです。手仕事のよさって、心がこもることだと思うから」

俺は大きく頷いた。

じいちゃんもよく言っていた。ひとの手だからこそ、そこに込められるものがあると。

作業効率や時間、生産量も、もちろん大切なことには違いないが、そこだけを見ていると見落としてしまうなにかも、あるのではないだろうか。目には見えないような些細なこだわりだが、それを信じたい気持ちは俺の中にもある。

「愛ちゃんの豚肉と、和久のパンが合わさったら、うまいもんができるに違いねえ。」

俺は二人みたいになにかを生み出せるわけじゃねえが、食う方は得意だからよ」

「久々に聞くな、それ」

思わず頬がゆるむ。賢介は、俺がフレンチの店にいたときも、そう言って何度も店に足を運んでくれた。気さくなビストロではあったが、こじゃれた店は性に合わねえと照れながら、肩を縮こめてもくもくと食事していた。帰り際の、うまかった、の一言がどれだけあの頃の俺を支えてくれていたかわからない。賢介自身も大変な時期だったはずなのに、食う方は得意だからと季節ごとに訪れてくれていた。

「百。いや、二百は売り切りたい」

Ｖサインを突き出す賢介に、愛ちゃんが飛び上がるようにして手を叩く。

「ありがとうございます！　サスケハナさんも喜びます！」

佐助と花？　と首を傾げる賢介の背後を、愛ちゃんは指さした。

「あの船です。『黒船』って言った方が、通りがいいですけど」

「それって、歴史の教科書に出てくる、あの？」

愛ちゃんは顔の前で手を組み合わせて、鎖国中の日本にやってきて開国を促したあの黒船のことだと説く。

「サスケハナさんがいなかったら、いえ、ペリー提督が来なかったら、うちみたいな商売は生まれませんでしたから。ペリー提督にもご先祖様にも、感謝、感謝なのです」

あの呪文のような言葉の意味を、俺はようやく知ることとなった。

愛ちゃんによれば、日本の養豚は黒船とともに幕を開けたそうだ。ペリーを乗せたサスケハナ号はじめ四隻の黒船が来航し横浜が開港すると、居留地に住む外国人の日々の食事のために養豚が始まった。ちょうど今の横浜中華街あたりで豚が飼われ出したのが、養豚本格化の始まりなのだという。居留地から発展したのも、パンが広まる歴史と同じだ。

「成田さんからいつも和久さんのパンのこと、聞いていたのです。食べてみたいです」

「どこにでもあるような、当たり前の、ふつうのパンですよ」

「いいえ」

愛ちゃんは、ゆるぎない瞳で俺を見据えた。

「当たり前のことが当たり前じゃなくなっているのが、今のふつうです。そういうものがあふれる時代だからこそ、大切にしたいパン、なのではないでしょうか。それはきっと、どこにでもあるものじゃなくて、特別なものなのだと思います」

真摯に紡がれる言葉に、隣の賢介が首がちぎれそうなくらい頭を上下に振っていた。

「はじめて和久のパンを食った日から俺は、ずっとそう思ってる。あれはうまかった。あのうまさはきっと、ただうまいだけじゃねえんだ。うまく言えねえけど」

「俺の、パン？」

幼稚園の頃だよ、と賢介が話し始めると、愛ちゃんは、そんなに昔から仲がいいんですねと驚いてみせた。

「おうよ。幼稚園のもも組の頃からのつきあいだ。もっとも、和久はそん時、ランドセル背負ってたけどな」

俺が小学一年生、賢介が幼稚園の年中組の頃だ。

「俺がからかわれているのを、賢介が助けてくれたことがあって」

よくある話だ。幼稚園までは商店街まわりの見知った顔ばかりだったが、いくつかの幼稚園や保育園からひとが集まる小学校に上がると、古典的な文句で、俺をからかってまとわりついてくる連中が出てきた。それを賢介が一掃してくれた。もともと顔くらいは知ってたが、あの出来事をきっかけに、俺たちは仲良くなった。

「ぱんつくったことあるか、って囃したてられながら、うなだれて歩いてるのが、あんまり気の毒でよ。ちいとばかりたしなめたんだが、親からこっぴどく叱られて」

「成田さんは助けてあげた方ですよね？　どうして叱られちゃうのですか？」

「幼稚園スモックがまずかったよな。小学生に飛び蹴りくらわした乱暴園児っつったら、なんでだかすぐに足がついてよ」

賢介は拳を作って、自分の頭を叩いてみせ、愛ちゃんがころころと笑う。

そこから賢介は蹴りたいだけ蹴ればいいとサッカークラブに放り込まれ、めきめきと頭角を現して、プロを目指すほどになった。高校もサッカーの強豪校にスポーツ特待で迎え入れられ、生活のすべてがサッカー一色になっていた。あの頃の賢介は、肉屋稼業になんて目もくれず、寝ても覚めてもサッカーばかりだった。十八の時に、父親を事故で亡くすまでは。

まだ十歳にもならなかったすずが泣きじゃくる横で、賢介は制服の膝にぎゅっと握った拳をすりつけ、大きな目を見開いて一粒の涙もこぼさなかった。一文字に結んだ唇から泣き言のひとつも漏らすことなく、まるでスイッチを切り替えたみたいにすっぱりとサッカーから足を洗って、肉屋を継いだ。

その潔さに、俺は不安を感じたものだ。

夢を追っていたはずの賢介が、それをあっさり捨てて、運命の重さをそのままに引き受けた芯の強さにたじろいだ。もちろん他に方法などなかったかもしれないし、葛藤がなかったわけではないだろう。でも、その賢介の覚悟は俺自身の甘さをあぶり出し、怖じ気づかせた。店を継ぐのにふさわしい何かが俺にはない気がした。

パンから距離を置くように、ファミレスのバイトに始まり、飲食店を転々として定食屋に行きつき、フレンチのシェフに拾われた。結局そこからも外れて店に戻った今も、あの時の賢介ほどの覚悟があるのか問われれば、すぐには答えられない。

賢介は、愛ちゃんに夏祭りの屋台に参加する店や、人気投票のことを話していた。強敵揃いだが、愛ちゃん渾身の豚肉があれば勝ったも同然だと、いつになく弁舌さわやかに説いてみせる。

「成田さん、お願いがあるのです。お手数おかけして申し訳ないのですが、品物の納入は前日じゃなく当日朝にしていただけますか？　豚肉は新鮮さがおいしさに直結します。せっかくの機会ですから、作りたてをお届けしたいのです」

賢介の手を愛ちゃんが包み込むように握ると、日に焼けた頬が瞬時に赤く染まった。

「お、俺も、頼みがあってよ。もし、俺らが勝ったら」

賢介は急に黙り込み、せわしなく視線を動かす。

「勝ったら？」

愛ちゃんが先を促すと、いっそう落ち着きをなくした賢介は、重ねられたままの手を見つめたまま、ごくりと生唾を飲み込んだ。

「う、打ち上げ、しましょう」

いいですね、と愛ちゃんが重ねた手をほどき、胸のところで小さく拍手をするのを、賢介はどこか焦点の定まらない目で見つめていた。

駐車場まで見送ってくれた愛ちゃんに手を振り、高速に乗るまで、俺たちは一言も口をきかなかった。賢介は一人で百面相を繰り返していたし、俺には、さっき賢介が呑み込んだ言葉が、わかっていた。

「好きなんだな、愛ちゃんのこと」

賢介は俺を二度見して、真っ赤になり、それから青ざめた。

「いやその、つまり、し、親愛の情！　ていうか、お、お前のことも好きだし、その」

これほどの錯乱ぶりということは、二人の間にはまだまだ距離がありそうだ。

「つきあってるどころか、何も伝えてないわけか」

だってよう、と賢介は泣きそうな声をあげた。

「さっき話してたろ、ハム・ソーセージ工房のこと。あれ、愛ちゃんの成人祝いにって、親父さんが建てたらしいぜ、わざわざドイツからマイスター呼んで研修までしてよ。そんだけ大事に育てられてきたひとに、めったなこと言えねえだろうよ。せめて工房以上のインパクトがねえと」

「別にそこで対抗する必要ないんじゃないの？　成人祝いを超える人生イベントなんてせいぜい……って、まさか、お前……？」

思い当たったことはどうやら図星らしく、賢介はスイカみたいに赤くなり、だらだらと汗を垂らして、舌をもつらせる。

「プ、プププ、プロポーズってどうやったらいいんだ」

「落ち着け。その前に何段階もあるだろ」

お、おう、と答えながらも賢介は、どこか上の空だ。

「で、でも俺、そういうの未経験だからよ」

「俺だってプロポーズなんて経験ないよ。理央さんあたりに聞いてみろよ」

「聞けるかよ」

アクセルをぶおっとふかし、賢介は額の汗を手の甲で拭う。こういうことは女性の方がきっといろいろ詳しいだろう、そんな特集の雑誌を本屋で見かけたことがある。すずにでも聞いてみれば具体例くらいいくつも出てきそうなものだが、賢介の性格からして、聞きそうにない。

俺は腕を組んで、考えてみる。

「そうだなあ。ドラマとか映画だといろいろあるよな。指輪を渡すとか、バラの花束とか」

おおお、と賢介はがくがくと頭を縦に振った。運転中に危ないことこの上ないが、そこは大したもので、視線に少しのブレもない。前方を睨みつけるようにして賢介が呟いた。

「バラか。バラな。うん。いいかもな」

3

盆休みは、試作に明け暮れるうちに、あっという間に過ぎていった。

賢介に渡された愛ら豚の塊肉は、そのまま焼くのはもちろん、塩漬けにしてポトフにしてもうまかったし、ソーセージも焼いても茹でてもうまかった。

愛ら豚の最大の特徴はその肉質にある。とろけるような食感はもちろん、ほのかな甘みを感じさせる脂はさらりとしていてしつこくない。どんな調理をしても、味の輪郭がはっきりとしていた。そのままでも、ハムやソーセージに加工しても、パンと合わせればその肉汁を受け止めて、お互いを引きたてるはずだ。

墓参りと三回忌の準備を済ませる頃には、夏祭りへの熱を秘めた日常が幕を開けていた。

自動ドアに貼りつけた夏祭りの案内にスマホをかざしながら、理央さんはため息をついた。

「行きたかったなあ、夏祭り。おいしいもの対決なんて楽しそうじゃないですか。知ってたら、新婚旅行なんて後回しにしたのに」

魔縫さんもその日は滅多にやらない割引価格で鑑定するみたいですしと口を尖らせて、ドーナツ二つと食パンを載せたトレイをレジに置く。

「それで、どんな屋台出すんです？　パン？　新作なんでしょう？」

企業秘密だと話しても、せめて話くらい聞かせてほしいと泣きつかれると弱い。絶対に漏らさないよう念を押して、声を潜めた。

「ホットドッグのつもりなんです。和洋折衷（わようせっちゅう）の」

愛ら豚のソーセージに、千切りキャベツと薄切り玉ねぎ、ピクルス代わりにぬか漬けのキュウリを添えて、しょうゆベースの特製ソースと和カラシを好みであしらう。彩りも鮮やかだ。とくに彩りについては、すずから絶対譲れない条件と言い渡されていた。SNS映えを狙うためらしい。うらら商店街の公式アカウントでは、夏祭り情報を当日も随時発信する。格好のPRになる、と力説された。

写真だけでも見たいという理央さんに、アカウントのフォローをおすすめした。

「にしても、少し前まで、自分のパンが作れないって嘆いてたひととは思えない」

「いまだに思いますし、相変わらずつぶれるとも言われてますけど」

「でもいい顔になってきましたよ。目も合うようになったし、背中もぴんとして」

「そうですか？　自分じゃわかりませんが」

「板についてきたんじゃないですか。立派に、三代目、って顔してます」

どんな顔かわからないが、理央さんはにっこりと笑った。人事部の理央さんはきっとひとを見る目があるはずだ。いまだに揺れる自分自身は信じきれないところもあるが、信頼するひとの言葉なら、真正面から受け止められる気がした。

謹んで礼を言うと、理央さんは『マダム・オリヴィエ』も楽しみにしてます、と軽やかに立ち去った。

＊

ドオン、と遠くで花火の打ち上がる音がした。夏祭り決行の合図だ。

空を薄く覆う雲は、ほどよく日差しを遮るものの、雨を降らせるほどではないらしい。俺と入れ替わりに食パンの仕込みを始めた父が、花火の音に目を細めていた。

支度を済ませて訪れた公園は、すっかり様変わりしていた。公園をぐるりととりまく木々の向こうに、櫓と商店会の名入りテント、そして設営途中の屋台や露店が見えた。

中央に組まれた櫓は四畳半ほどの広さで、すずの背丈ほどの足場を紅白幕に包まれている。舞台には大太鼓が既に運び込まれ、櫓の上から夏祭り会場全体の四方八方に向けて提灯が飾られ、祭り気分を盛り上げている。

一番奥の、会場全体を見渡せる位置に構えられた本部テントの下では、進行表とＰＣを見ながらの打ち合わせや、マイクチェック、スピーカーの向き確認など、余興班が入念に準備を進めている。

風船で飾られたアーチをくぐって会場に入ると、玩具や射的、ヨーヨー釣りに金魚すくい、宝釣りに型抜きと、子どもたちの喜びそうな露店が両側に立ち並び、続いて菓子部の屋台が、綿菓子、りんご飴、チョコバナナ、かき氷と続く。今日ばかりは使用禁止になっている遊具類が、屋台でうまく隠されているのは、設営者の工夫だろう。

公園の中ほどに向き合うビールと日本酒の屋台を境目に、本部方面に向かって両側に立ち並ぶのが、メシ部、つまり人気投票に参加する食べ物屋台だ。猛者揃いと評されるとおり気合たっぷりらしく、午後一時の販売開始にはまだ二時間以上あるというのに、商店会が準備したテントの下ではそれぞれ、既に支度が始まっていた。

和服風のユニフォーム姿で並ぶ鮨屋の若い衆たちが、たこ焼き用の鉄板に丁寧に油を塗りつけている。その隣で、鉄板に向かいコテの練習をするのはクリーニング屋と味噌屋の息子たち。いつものビジュアル系フルメイクを封印した素顔は童顔で、十代にも見える。酒屋の親父さんはトウモロコシの皮むきに精を出し、内科の看護師たちは焼き鳥の串を手に、炭火熾しに四苦八苦するバーのマスターに声援を送っている。

挨拶を交わしながら割り当てられたテントに赴くと、先に来ていたすずが、愛ら豚ののぼりを、地面に思いきり突き立てていた。

「和兄お疲れ様！　夜通しパン焼いてくれたんでしょ、大丈夫？　寝てないんだよね？」

「少し仮眠とってきたよ」

「でも疲れてるでしょ。力仕事は任せて。もりもり働くから」

そう言って力こぶをぴしゃりと叩く様は、賢介そっくりだ。テントの下には長机が置かれ、その奥に作業台とガス台と鉄板が据えられている。作業台に、両肩にかけてきた大きなクーラーボックスを置いた。中には野菜類が仕込んである。

「あれ、パンは？」

「朝イチで賢介にとりに来てもらったよ。さすがに二百個はかさばるから、まとめて車で運んでもらった。ソーセージをとりに行って、十二時くらいには着く予定だろ？」

「うん、そう言ってた。すっごいやる気満々、朝から鼻歌なんて歌っちゃって」

　賢介は、人気投票で一位を勝ちとったら、愛ちゃんに想いを伝えるつもりらしい。俺としては全面的に応援したい。だからこそ、余裕を持って焼き上げて冷凍しておくこともできたが、少しでもおいしい状態で食べてもらえるよう、夜っぴてパンを焼き続けた。

　食材の仕込みは営業許可をとっている店舗でしかできないため、夏祭り会場では温めと仕上げのみで済むよう、ほとんどの準備は終わっていた。つけあわせる野菜類はクーラーボックスの中で冷やし、調味料はしっかり混ぜ合わせてある。ガスボンベをつなぎ、調理機材の準備が終わると、あとは、賢介と食材の到着を待つばかりになった。

　電卓とメモ、小銭が詰まったケースなどのお会計セットを揃え終えて、すずは不安げに俺を見上げる。

「ユニフォームがあるって聞いたけど、まさかジャージじゃないよね？」

　心配ない、と説明しようとしたところで、屋台を覗き込む人影に気づいた。

「大和さん！」

驚くすずに片手を上げて、大和くんは白い紙袋を差し出した。

「自信作っす」

袋を覗き込んだすずが、わあっと歓声をあげた。

「すごい、カッコいい！」

すずは早速取り出したTシャツを体に当ててみせた。黒いTシャツの裾には、うねりながら飛沫をあげる波濤と黒船が浮世絵みたいなタッチで描かれ、胸元のアルファベットが全体の印象をすっと引きしめている。背中の首元には、筆文字で黒船の二文字。

「これ、大和くんが？」

「はじめての単独仕事っす」

頷く大和くんは、うれしそうに、紙袋の中から大きな布を取り出してみせた。

黒い布に、Tシャツと揃いのデザインが施されたのぼりの中央には、大きく勢いのある筆文字で、黒船ドッグ、と書かれていた。

「これ、うちの親方からの、開店祝いっつーか取材御礼っす。後から来るんで」

言うが早いか、忍者が抜刀するみたいに背中から棒を引き抜いて伸ばすと、手慣れた様子でのぼりをとりつけ、愛ら豚の隣にはためかせる。

ミユキさんが後ほど『マダム・オリヴィエ』の取材に来ることになっていた。

父が取材を受けるにあたってつけた条件は、「馴染みのお客さんに迷惑をかけずに済むこと」。ミユキさんとも相談の結果、夏祭り屋台の単発メニューの紹介なら、店まで足を運んでくれるのはよほど興味を持ったひとに限られるはずと、あえて今日になった。

常とは違う調理環境にも営業形態にも多少の緊張はあるものの、考えられることはすべてやってきたという自負のせいか、不思議な高揚感に包まれていた。

「で、なんで黒船ドッグなんすか？」

「ああ、それは、第一に見た目だね。黒船に見立てて、竹炭を練り込んだ真っ黒な特製パンで作るホットドッグなんだよ」

パンの黒、玉ねぎの白、キャベツの薄緑、キュウリの緑、和カラシの黄色にソーセージの茶色、ＳＮＳ映えしますよ、とすずが合いの手を入れる。大和くんは、うーん、と腕組みをして、まわりをぐるりと見渡した。

「見た目も大事っすけど、やっぱ味じゃないすかね。見たとこ、まわりも相当こだわってそっすよ」

そして、他の屋台にぶら下がる売り文句を、ひとつひとつ読み上げ始めた。

「産地直送、名古屋コーチン焼き鳥。ぷりぷりの嚙み応えをぜひ、ハートマーク」

そこに、すずがどこから仕入れてきたのか裏情報を小声でつけ加える。

「報奨金を元手にビーチリゾートに行くって、内科の看護師さんたちが行きつけのバーのマスターを巻き込んだんですよ。院長のツテで手に入れた特上肉を備長炭で焼くそうです」

「鮮度が違う、ダシが違う、大粒の明石の真ダコがゴロゴロ。美味たこ焼き」

「鮨屋の若い衆たち、築地で寿司ネタとしても上等なのを仕入れてきたらしいです。配合するダシもこだわり抜いてて、外はカリカリ、中はふわとろを目指すって」

「朝採れの甘ーい焼きトウモロコシ。白と黒あります」

「酒屋さんですね。さっき見てたら、盥に水と塩とお酒を入れてトウモロコシ浸してましたよ。薄皮ごと蒸し焼きにするんですって。白はそのまま、黒はさらに醤油をつけて焼くみたい」

「肉肉しい肉焼きそば！　B級グルメの覇者降臨！」

「彼らバンド仲間で中二病が抜けきってないですけど、研究熱心なんですよ。ライブハウスで試食会をして、メニューを決めたって聞いてます。特製味噌ダレで勝負するって」

　スマホの着信に気づいてすずがこちらに背を向けた。

　たしかに、どこもなかなかの気合の入れようだ。でも、と俺は大和くんを見る。

「うちも味では負けないよ。竹炭は味がないからソーセージのうまみの邪魔をしないし、逆にしっかり受け止めてくれる。デトックス効果もある。それに名前の由来はもうひとつあって、歴史的に見ると黒船のおかげでおいしい豚肉やパンが食べられて」

背後で小さな悲鳴があがった。

すずが真っ青になって、スマホを耳から外した。

「どうしよう和兄……。賢兄の車、渋滞に巻き込まれてるみたいで」

時計は十二時を回ったところだ。

「時間はまだある。準備はあらかた終わってるし、到着し次第動けるようにしておこう。賢介たちが着きさえすれば、十分もあれば販売し始められるだろ」

大丈夫だ、とは言ったものの、今ここで俺たちができることなどなくて、熾火（おきび）のような小さな不安がちりちりと胸に残った。その不安は、時間が過ぎるたびに大きくなり、販売開始まで三十分を切ると、どうしようもないほどに膨れ上がった。

取材に来るミユキさんを待つ大和くんと、すずと俺の三人は、揃いの黒いＴシャツに着替えて、ひたすらに賢介たちの到着を待った。

高速道路の事故渋滞に巻き込まれたらしい賢介たちは、まだ神奈川（かながわ）県を抜けていなかった。一般道へ出る道を探しているものの出口は先らしく、仮にすぐ一般道に抜けられたとしても一時間はかかる、と苦しげに賢介は告げた。

まもなく、時計は午後一時を指す。販売開始時刻だ。

他の屋台は当たり前すぎるくらい順調に準備を整えていた。のぼりや看板、メニューを書いた紙がそれぞれの屋台を飾り、調理を始めている。鉄板から煙のひとつも上がっていないのは、うちの屋台だけだ。漂い始めた食べ物のにおいにも、隣のビール屋台の決起の乾杯にも、気が急ぐ。

焦りがくすぶるところに、聞き覚えのある声が聞こえた。

「ずいぶんと余裕の構えですね。老舗の風格ってやつですか」

「……播磨商会」

屋台の前には、いつかの営業マンが、スーツ姿で立っていた。

「店の定期視察ついでに覗いてみたんです。まさかコテンさんがいらっしゃるとは。新商品ですか、いい試みですね。お店の方はうちがご迷惑おかけしてるみたいですけど、屋台とはナイスアイディアです。僕にもひとついただけますか」

「まだ開店前ですから！」

すずが屋台の前に、立ちはだかる。播磨商会はなおもすずの肩越しに首を伸ばして呟く。

「お見受けしたところ、資材がずいぶん少ないですね、コテンさんのパンもない。もしかして配送トラブルですか？　個人さんでやってらっしゃると大変ですよね、こういう時のリスク管理ってどうしても甘くなりがちなので」

すずが全身から放出する怒気に気づいたのか、投げ飛ばされる前に失礼します、と一目散に立ち去った。

播磨商会の言うとおりだ。リスクなんてこれっぽっちも考えず、いいものを作ろうと、勢いだけで突っ走ってきていた。経営する立場からしたら、甘い考えだった。いくらいいものを作っても、その「もの」自体がなければ、どうにもならない。

屋台の中を見渡してみても、ここにあるのは、キャベツ、玉ねぎ、キュウリ、和カラシ、特製ソースとその材料の香味野菜のみ。この材料で作れるものなんて、野菜炒めくらいしかない。ただ手をこまねいて、いつとも知れない賢介たちの到着を、待つしかないのだろうか。

会場のあちこちから、うまそうなにおいが迫ってくる。ライバルたちは、すぐに引き渡せるよう商品のストックを積み上げて、開場に備えている。入り口には既に入場待ちの列ができていた。

櫓の上の大太鼓が、夏祭りの開始を告げると、あちこちの屋台から、鬨（とき）の声が上がった。幼い子どもたちが奏でる調子外れの笛を合図に、入り口からなだれ込んでくる人垣は、威勢のいい呼び声につられて、屋台の前にどんどんと列をなしていく。何も商品の並んでいないうちの屋台を不思議そうに眺めて立ち去っていくひとも少なくない。

ひとに埋め尽くされていく会場の中で、ぽっかりと、うちの屋台の前だけに空間が生まれていた。

「……やばくないすか」

「いや、大丈夫。巻き返せる。賢介たちが到着しさえすれば」

——嘘だ。

ひとの流れには波がある。

出足で遅れをとれば、その分確実に不利になるのは目に見えていた。

どんな不可抗力が原因だとしても、そんなことはお客さんたちには関係ない。

ひとの波は不思議なもので、行列している店と客足のない店なら、確実に行列の方に並ぶ。ひとの並ぶ店は魅力的な店に映り、客足のない店はひとを集める魅力のない店として認識され、結果、ますます足が遠のいていく。どんなにいい商品を扱っていたとしてもだ。品質と値段がいつも天秤にかけられるわけではない。理屈ではよくわからない波のようなものに大きくさらわれて、流されていく。

それがひとの波が持つ怖さでもあり、時に爆発的な流行を生み出す力の正体でもある。

このままでは、たとえ賢介たちが到着したとしても、苦戦を強いられるに違いない。

この昼時のゴールデンタイムで売り逃せば、仕入れ分を売り切ることすら危うくなる。確実に売り切れるはずの百食から、強気で二百に吊り上げたのも仇になった。最悪の場合、大量のロスと赤字ばかりが残る。

咄嗟に大丈夫と出任せを言ったのは、無理だと口にすれば、心までも折れてしまいそうだからだ。一日は長いよ、と気休めを呟いてみせたが、商売人のはしくれでもあるすずには状況が見えているらしく、顔を曇らせていた。

ポケットに入れた手が、なにかに触れた。じいちゃんの手紙だった。

入れたつもりなどなかったが、無意識に、持ってきていたのだろうか。広げてみると、その言葉に、胸倉を掴まれた気がした。

それでも、ここに可能性なんて、あるわけがない。

時間が経てば経つほど、不利にしかならない。俺の脳裏には、最悪のシナリオしか浮かばなかった。

不安を裏づけるかのように、本部テント前に設置された人気投票パネルには、猛然と票が伸びていく。買い物一品ごとに渡されるシールを購入者が貼りつける仕組みで、各店舗の売れ行きが一目瞭然。一票も入らぬうちの屋台は深い谷のように、屹立（きつりつ）する票の山に囲まれていた。

険しく沈むみんなの横顔に、突然フラッシュがまたたいた。

「なにこれ、渋い顔コンテストかなにか？」

取材に来たんだけど、とミユキさんがカメラを首にかけ、派手な花柄のアロハシャツ姿で片手を上げる。

「ああ、そうだ『マダム・オリヴィエ』に」

思わず頭を抱えた。こんな状況では取材も難しい。祭りだけじゃなく、期待していた店の売上にも痛手が及ぶとなると、本格的に頭が痛くなった。取材をどう断ろうかと言葉を探しあぐねているうちに、ミユキさんは屋台の中に入ってきた。魔縫さんは仕事で、花ちゃんには友達と来るからと断られ、せっかくの祭りなのに一人なんだよとぼやいてる。

見かねたすずが事情を話すと、ミユキさんは、猛々しい笑みを口元に浮かべ、俺の肩を摑んだ。

「運が向いてきたかもね」

真意を摑みかねる俺に、ミユキさんは目を爛々と光らせる。

「修羅場がクリエイターを育てるって言うじゃない」

「聞いたことないすよ」

大和くんが小首を傾げる。

「大和、追い込まれれば追い込まれるほど、己の力を凌駕していくのがクリエイターという人種だよ。たとえ夏休みの宿題が終わっていなくても最終日に徹夜でがんばれば仕上がったりするだろう。その火事場の馬鹿力を待って自らを追い込む者もいる。失敗も多いけど、十回に一回くらいはうまくいく」

少なっ、と突っ込む大和くんに、自分がいい例だと胸を張るミユキさんは、取材原稿の締め切りは今日だと、どろんと目を曇らせた。どうやらあの笑顔と言葉は虚勢を張っていたらしい。原稿はもちろんまだ一行も書かれていない。それどころか、写真に撮れる商品すらない。

「やばいじゃないすか！」

「でも、いい仕事するには、いいメシがないと……」

全員が、すがるように、俺を見た。

俺は改めて、屋台にある材料を見回す。ここに売り物になりそうなものは何もない。

どうやったって、無理なものは無理だと、音を上げようとした時。ポケットの中で、じいちゃんの手紙が、かさりと音を立てた。頭の中にじいちゃんの声が響いた気がした。

「……食パン。店に、食パンがあるはず」

じいちゃんの三回忌のために、父が焼き上げているはずの。大和くんが確認に駆け出していった。

「すずは一度家に戻って。肉の在庫を確認して」

わかったと言うが早いか、ひとの波をかき分けて、飛び出していく。

ほどなく入ったすずからの電話で、愛ら豚のブロック肉があるとわかった。

俺はしばし目を閉じた。

自分の内側の声に耳を澄ましてみる。

豚肉と、食パン。

それで作れるものは。

瞼の裏に、かつての厨房の風景が、蘇った。


あれは、俺がはじめて作ったパンだった。

賢介のために作った、サンドイッチ。

俺を庇ってサッカークラブに入れられた賢介の、初試合だった。

なにか礼をしたい、と相談した俺にじいちゃんは、試合ならば「勝つサンド」に限ると言って、指導役を引き受けてくれた。もっとも手伝ってくれるわけでもなく、材料を揃え、順番を言い渡すのみで、おっかなびっくり包丁を持ってキャベツを千切りするところからすべて自分でやらされた。心を込めるとはそういうものだと言って、油で揚げるところ以外、じいちゃんは一切手出しをしなかった。

出来上がりは立派なカツサンドとは言い難い、不格好な代物だったが、それでも賢介は、見たことがないような笑顔でそのカツサンドを食べてくれ、うまかった、とたいそう喜んでくれたのだった。

あの笑顔に、俺は胸がいっぱいになった。

自分が作ったものが誰かを笑顔にできたそのことが、胸に深く刻まれた。

思えば、あの笑顔が俺を照らし続けてくれたのかもしれない。だから、パンと違う道を歩いていた時も、いつも料理にかかわってきたのかもしれない。

そういえば、愛ちゃんのところで賢介も、あの時のことを言っていた。

俺の、パンだと。

「カツサンドでいこう」

声に力がこもった。

電話を代わった真澄おばちゃんは、ありったけの豚肉を、とびきりのトンカツにして届けるよ、と請け合ってくれた。なつかしいね、思い出すね、と声が弾んでいた。

ミユキさんは隣の屋台から手に入れたクラフトビールの栓を抜き、鉄板に向かい始めた俺の手元を覗き込む。

「玉ねぎ？」

「ええ、飴色玉ねぎを作るんです。メニューを変えるならソースもそれに合わせないと」

その素材のいいところを引き出すソースを。それは俺がフレンチで学んできたことだ。

今まで歩んできた道は、積み上がらずにゼロになったわけじゃないのかもしれない。全然違う道を歩いているように思っても、本当は、これまでに歩いてきた道がすべて、後ろに続き、つながっている。その道をその順番で辿らなければ見えなかった、今だからこそ作ることができる味が、あるはずだ。

誰かの、おいしいという言葉と、笑顔につながるような味が。

ソースが出来上がる頃、大和くんからも電話が入った。

食パンは二十斤ほどできていること。もうすぐ次が焼き上がること。一息に伝えると、なぜだか早々に父に代わった。

父の硬い声音が、言葉よりも雄弁に、その理由を語っているようだった。

俺は大きく息を吸い、呼吸を整えると、ゆっくりはっきりと告げた。

「カツサンドを作りたいんだ。食パンを、使わせてください」

食パンは必ず明日の法要までに焼き上げると誓ったが、やたらと長い沈黙ののち、父は、断る、と一蹴した。

《使うのは構わない。だが、三回忌のために焼いたパンだ。それを、親父が店では出さないと決めていたサンドイッチにするのは、親父に対する冒瀆（ぼうとく）じゃないのか》

冒瀆。あまりの強い言葉に、気持ちが揺らいだ。

そこに父の思いのすべてが詰まっている気がした。

俺がじいちゃんの店を守ることを考えてきたように、その何倍もの時間を父もまた、同じように考えてきたのだから。どう伝えたら、わかってもらえるのだろう。

ポケットに手を入れ、じいちゃんからの手紙を握りしめて、静かに話し出した。

「カツサンドは俺にとって、じいちゃんと作った、最初で最後のパンなんだ」

電話の向こうからは、物音ひとつしない。

「あの時作ったカツサンドは、出来栄えこそ立派なものじゃなかったけど、心だけは、じいちゃんの教えどおり、たっぷり込めた。そうやって心を尽くしたものを、おいしいと食べてくれるひとがいた。あのサンドイッチが、俺をここまで連れてきてくれた力の原点、つまり、俺のパンなんだ」

サンドイッチはご家庭で作るのがいいとじいちゃんは言っていた。それが当たり前の時代でもあった。水やお茶、おにぎりだって店で買うような時代じゃなかった。だけど、当たり前なんて、その時々で変化していくものだ。だからこそ、時が流れても変わらない心の軸を大切にしながら、時代に合わせていくやり方があってもいい。

しんと静まり、息遣いさえ聞こえない静寂に向かって、祈るように続ける。

「形じゃなく、じいちゃんの心意気を、受け継ぎたいんだ」

店を継ぐことは、店やレシピを継ぐことだけじゃない。じいちゃんと父が築いてきた歴史をそのままなぞるのではなく、その心意気を受け継いだうえで、今の時代の中で、新しい形に編みなおしていくことなのだろうと思う。

うちのパンの魅力はきっと、肩肘張らない、ふつうのパンだ。

そこに目新しさなんてたぶん必要ない。

当たり前でふつうの、ある意味、特別なパン。

でもきっと、俺は一人ではこの答えに辿りつけなかっただろう。

理央さんに背中を押されて、小さなドーナツから一歩を踏み出した。正解に囚われすぎていた時にいろいろな答えがあっていいと大和くんとカレーパンから教わった。幽霊や魔除けなんていう花ちゃんの難題にも俺なりの答えを探しながらコロネを作った。

信頼できるひとたちがいたから。

その縁に導かれて、俺はきっと今この場所に立っている。背中を押してくれたいくつもの手に向けて、俺ができることを、精いっぱい込めて、返していきたい。

その始まりも、行きつく先も、あのカツサンドなのだと思えた。

「その思いを込めて作るものは、じいちゃんの思いに背くものじゃないと思う」

電話の向こうからは、ツーツーと同じリズムが、無機質に響いていた。

祭りが始まって二時間が過ぎた頃、祭り会場にはちらほら、目の眩むようなピンク色の浴衣姿が目立つようになった。正しくは、つつじ色と呼ぶらしい。ＪＲ駒込駅を彩る植栽のつつじにちなんだ婦人会揃いの浴衣だ。つつじの花言葉は「節度、慎み」らしいが、その色の濃さは、婦人会のおばちゃんたちの押しの強さを強調して見せていた。

ショッキングピンクの浴衣に身を包み、一段と迫力を増した真澄おばちゃんが、すずと一緒に大量のカツを運んできてくれた。

きれいなきつね色に揚がったカツは小ぶりで、パンにちょうどよいサイズになっていた。ミユキさんがうまそうと口元をゆるめる。

「賢兄、さっき都内に入ったって。じき到着すると思う」

真澄おばちゃんはたすきがけして、あたりを見回す。

「和ちゃん、パンは？　手伝うよ！」

「それが……」

父とのいきさつを話すと、真澄おばちゃんとすずは、顔を見交わして、ぎゅっと唇を噛んだ。

「でも、おいしいソースはできましたし。最悪、カツを売ればいいですし」

ひらひらと手を顔の前で振って、真澄おばちゃんがため息をつく。

「ダメよ、和ちゃん。うちの店、カツ売ってるもの」

　こうなったら、母に説得してもらおうかと額を集めていると、入り口の方でざわめきが起こった。ごめんよと高い声で繰り返しながらコンテナを載せた台車が疾走してくる。押しているのは、静男さんと、大和くんだった。

「和坊！」

　肩で息をしながら差し出されたコンテナに、息を呑んだ。

　サンドイッチ用に耳を落とし、十枚切にされた食パンが、整然と並んでいた。

「康平のやつ、何も聞かずに、これ持ってってくれってよ」

　鼻を指先で擦りながら静男さんが言う。これも、と大和くんがバターの塊を差し出した。

　言葉などいらない。十分すぎるほど伝わってくる気がして、瞼の奥に熱がこもった。

「ったく、じじいが頑固なら、親父も息子もみんな頑固でよ、困ったもんだ」

　俺は、パンを作業台に載せた。

　真澄おばちゃんとすずが具材の準備を整え手伝ってくれる。ミユキさんと大和くんがコンテナを即席の看板に作り替えてくれる。静男さんは、販売の準備を整えてくれる。

　片方のパンにカラシバターを塗り、キャベツの千切りを載せる。カツを挟んで、ソースをかけ、パンを重ねた。対角線で切り、二つの三角形になったカツサンドを包み紙に入れると、小さく歓声があがった。

口々においしそうと呟きながらこぼれる笑顔に、胸がじんわりとあたたかくなる。

「カツサンドか！」

胴間声に顔を向けると、賢介と愛ちゃんが荒い息に肩を上下させながら、立っていた。

すずと真澄おばちゃんは、賢介の横に立つ、黄色い作業服姿の愛ちゃんに、あんぐりと口を開けた。女性連れというインパクトに加えて頭上に揺れる耳が視線を集める。愛ら豚の生産者と知ると、ほっとしたような残念なような複雑な表情で、ひどく納得していた。

なつかしいな、と賢介は目を細めて、肩にかけたクーラーボックスを足元に下ろした。

「あの時、俺、不安だったんだよ。体がでかいからって上の学年とチーム組まされて。でも技術もねえし年下だから仲間から相手にされなくてよ。悔しいし情けないし帰りてえって思ってたところに、和久がカツサンド持ってきてくれた。とんでもなくうまかった。俺のために作ってくれたっていうのもうれしかったし、辛いときでも見守って励ましてくれるひとがいるんだって思ったらよ、もう少しがんばれるんじゃないかって」

おもむろにカツサンドを摑み、二口ほどで平らげ、んまい！　と大声をあげた。

愛ちゃんにも一切れ差し出す。愛ちゃんは一口かじるなり目を輝かせた。

「おいしいです！　ソースが滲みてて、キャベツがしゃっきりして甘くて、カツがすごくやわらかい。少しぴりっとするからか、どんどん食べられそうです。それになんと言ってもこのパン。こんなに強いカツの味に全然負けてないです。すごく、おいしいです！」

喉を鳴らして飲み込んだ賢介が、首をひねる。

「……でも、なんか、あのカツサンドと違う。もっとうまくなってる」

「ニンニクが入ってるんだ」

ソースに加えたニンニクの香りが、食欲をよりいっそうそそり、カツの味を引きたたせ、個性を添えてくれる。

賢介はぴたりと動きを止めたかと思うと、愛ちゃんに向かって、頭を下げた。

「悪いが愛ちゃん、黒船ドッグは一旦中止させてくれ。ここは『勝つサンド』で勝負したい」

そして俺に向き直り、白い歯をむき出した。

「巻き返すぞ！」

賢介の雄叫びに、みんなが気勢を上げた。

後はまかせときな、と真澄おばちゃんは本部テントに走り、司会を手懐けてカツサンド販売開始のアナウンスを入れさせた。その足で婦人会の面々にすすめているのを見ると、静男さんも負けちゃいられねえと走り出し、あちこちの知り合いに声をかけてくれる。ミユキさんはあらゆる角度からカツサンドを写し、本部ＳＮＳに掲載を頼むよう大和くんにデータを渡してくれた。

やがて盆踊りが始まった。

中央の櫓には婦人会の面々が集い、濃いピンク色の輪ができた。輪の中には、真澄おばちゃんの姿も、母の姿も見える。静男さんと一緒に、ひょいと輪に飛び入った紺地に桜柄の浴衣は花ちゃんらしく、ミユキさんがしきりにシャッターを切っている。

愛ちゃんはすずとともに販売に回り、豚耳を揺らしながら笑顔を振りまく。二人は打ち解けたと見えて、忙しい接客の合間を縫っておしゃべりの花を咲かせていた。すずは愛ちゃんの頭に揺れる豚耳をさし、流行ってるんですか、と尋ねた。愛ちゃんは一瞬言葉を呑んで、視線をさ迷わせ、小声でなにか話した。

「ごめん愛さん、よく聞こえなかったです。ヒーローって、言いました？」

愛ちゃんは真っ赤になりながら、大きく息を吸った。

「変身、しますよね、ヒーローって。いつもの自分じゃない自分になれると、いつも以上の力を発揮するというか。ああいう感じなんです、自分の中で」

すずはぽんと手を打って、黒帯を締めたら強くなった気がたしかにした、と共感した。それに安心したのか、愛ちゃんは、両手で豚耳のカチューシャを確かめながら話し始めた。

「私、学校に行けない時期があって。ある時、父が言ったのです。豚は繊細な生き物なのだよって。温度とか環境とか、ほんの少しのことでも、豚にはストレスになる。きっと、愛も同じなのだろうって。だから、豚の気持ちがよくわかってあげられるはずだって」

なにげなく話しているようでいて、カチューシャに触れる指先は細かく震えていた。

「種族は違いますけど、子豚たちのお母さんのつもりなのです。その役割でなら、ひとの中に入ることも、話すことも、できたのです。この耳と、子豚たちのおかげなのです」

ほんの小さなきっかけが、ひとを大きく動かすことがあるものだ。あの耳にそんな物語が隠されていたとも知らずに、気になりつつも遠巻きに見ていた自分を少し恥じた。

誰しも、事情を抱えて生きているのだ、多かれ少なかれ。

その痛みも抱きしめながら、次の一歩を踏み出して、日々を歩いている。

「ひとつの場所でうまくいかなくても、自分の居場所ってどこかに見つかるものですね」

愛ちゃんはにっこりと笑顔を返す。二人とも、口も忙しいが、手元もてきぱき仕事を進めているのは、さすが商売人だ。すずが、それで継いだんだ、と感心する。

「今、目の前にある仕事だけじゃなく、黒船の時代から累々とかかわってきたみんなの思いを受け継いで、抱きとめて、ありがとうを上乗せして返すような仕事にしたくて」

うちの肉馬鹿兄貴にも聞かせてやりたい、と軽口を叩くすずに、成田さんはすごいですよ、と愛ちゃんはさらりと返す。

「いつも、私には考えつかないような、大きなことを思いつかれます」

愛ちゃんと目を合わせた賢介が、頬を赤銅色に染めた。

祭り会場を一周してきた大和くんがスマホを突き出して、ＳＮＳに投稿されたカツサンドの写真を見せてくれた。

「投票、追い上げてるけど、さすがに厳しいっすね」

本部前のパネルでは、カツサンドは順調に票を伸ばしているものの、数時間の遅れは大きな痛手には変わりない。差は歴然としていた。賢介は腕を組んでパネルを睨みつける。

「仕方ないよ。いい波ばかりが来るわけじゃない。やるだけのことはやろう」

被さるように、来ねえなら呼びつけるまでよ、と低い声が呟いた。

賢介は、なにやら張り詰めた面持ちで、俺を見る。

「まだ試合は終わっちゃいねえ。和久、勝つサンド食ったから勝つのも、勝つために勝つサンド食うのも、だいたい一緒だよな？」

「なんの話？」

「俺、やっぱ、やるしかねえわ」

賢介は鼻息も荒く、足元のクーラーボックスを摑み、カツサンドをひったくるようにして本部に向かって駆け出した。

ほどなく、盆踊りののどかなリズムに、司会の切羽詰まった声が割って入った。

緊急企画と称して、各屋台の代表者が中央の櫓の上に集められ、商品のアピールポイントを説明すると告げる。賢介が販売の梃入れのために半ば強引に持ちかけたのだろうと容易に想像がついた。その賢介は真っ先に櫓に上り、腕を後ろで組み、足を踏ん張って、口を引き結んでいる。

「やばいっすよ。すずちゃんと愛ちゃんがかわいらしく行った方が、店的にいいっすよ」

大和くんの心配に、ミユキさんも大きく首を縦に振る。

屋台の代表者たちと並んだ賢介は、一人異様な雰囲気を醸し出していた。お客様にアピールして買っていただくというよりは、追い返しそうな緊張感さえ漂わせるその立ち姿に、見守る俺たちは不安に包まれた。

順番が来て、一歩前に進み出た賢介は、大きく息を吸い込んだかと思うと、体を仰け反らせ、轟くような大声で叫んだ。

「ペリー提督に感謝ァ！　ご先祖様に感謝ァ！」

マイクがハウリングを起こし、司会が慌ててマイクのスイッチを切る。あまりの声量に来場者の多くは何が起こったのかと櫓の上を見つめた。

賢介はひとびとの頭上に向けて、大声を張り上げる。

「祭りに集うひとびとに告ぐ！　諸君は既にうまいものに包囲されている！　だが知ってほしい！　刑事ドラマの取り調べに出てくる定番の食べ物はなんだ？」

誰かの声を、そう、と拾い上げて、賢介はなおも声を張る。

「カツ丼だ！　なぜカツなのか？　うまいからだ！」

かなり乱暴な論理だが、ひとびとは賢介の声量と熱弁に圧倒されて、しんと静まり返ったまま櫓を見上げている。

「黒船来航以来、養豚とパンは居留地から同じように発展してきた！　いわば、このカツサンドは、生まれる前から既に出逢っていた！」

賢介の指先がビシッと屋台を指さすと、ひとびとが一斉にこちらを向く。

「うらら商店街が誇る老舗ベーカリー・コテンの食パンと、養豚発祥の地・神奈川の高村商店で愛情たっぷりに育てられた愛ら豚のトンカツを、特製のソースで結び合わせたカツサンドが、うまくないわけがない！」

天に向かって高く掲げた手には、カツサンドが握られている。賢介は勢いよくカツサンドに食らいつき、んまい！　と何度も頷く。その様子に、会場には笑いが起きた。司会が切り上げようとするのを制して、賢介は叫んだ。

「愛ちゃん！」

「私？」

櫓の上から大声で呼ばれた愛ちゃんは、俺たちの顔を何度も見て、手招きする賢介のもとに、戸惑いながら赴いた。賢介は愛ちゃんの手をとり中央に引っ張り上げる。二人が向き合ったかと思うと賢介は一瞬天を仰ぎ、そのまま天に向かって、よく通る声を引き絞った。

「成田精肉店二代目店主、成田賢介！　この場を借りて！　高村商店三代目、高村愛歌さんに、結婚を、申し込ませていただきます！」

どよめきの広がる輪の中、よろめいたピンク色の背中は真澄おばちゃんだろうか。静男さんと母が駆け寄って、支えているのが見えた。取り乱しているのはすずも同じだ。

「あの二人、つきあってたの？」

すずが俺に尋ねる。だから作業着って言ってたのか、一番かわいく見えたのか、とすずは妙に納得している。

「いや。賢介はたぶんまだなにも言ってない」

それでいきなりあれ、と呆れ顔のすずの見つめる先で、賢介は跪(ひざまず)き、クーラーボックスから取り出したものを、うやうやしく愛ちゃんに捧げた。

花束に見えた。

透明のセロファンに包まれ、手元には大きな赤いリボンが結ばれている。

そういえば、バラの花束の話をしたのを思い出した。

しかし、バラにしては、少々変わって見えた。

濃い目のピンクと、白の斑入りの花は一輪一輪が大きく、茎は白く太くて平べったい。そう、まるで骨のような――。

すぐ横で、悲鳴に近いすずの声がした。

「あの肉馬鹿兄貴……！　バラ違いだよ！」

それは花ではなく、バラ肉らしかった。骨を茎に見立て、まわりの肉を薄く削いで花びらのようにいくつも重ねたものらしい。それに気づいたのだろう、真澄おばちゃんが頽れていた。

ロマンの欠片もない様子にも、唐突なプロポーズにも、開いた口が塞がらない。

だが一番気の毒なのは、櫓の上で立ち尽くす愛ちゃんだ。何も知らされていなかっただろうに、突如として求婚、しかもこんな大勢の前だ。公開処刑と言い換えてもいい。

女の子の気持ちが全然わかっていないと憤るすずが、視線で助けを求めてくる愛ちゃんに、こんな話遠慮なく断ち切っていいと言いながら、ハサミで切るような仕草をしてみせた。真剣な賢介と、愛ちゃんのただならぬ戸惑いぶりに、誰もが賢介の敗色が濃いことを悟りつつも、固唾を呑んで二人を見守っていた。

　愛ちゃんはすずに向かって頷いてみせ、賢介に向き直ると、両手を胸のところで組んで、深々と頭を下げた。

　ああ、と下がり調子の声に憐憫と納得のため息が重なり、憐みの視線が賢介を包む。

　次の瞬間、愛ちゃんは、手を伸ばしてバラ肉の花束を受けとった。

　一転、割れるような拍手と歓声が二人を包み込み、笛と太鼓が響き始める。

　祭りの会場全体が祝福の雰囲気に包まれた。

　櫓の上では、愛ちゃんが賢介になにやら耳打ちし、賢介が何度も頷いていた。司会が鳴りやまぬ拍手をうまく収める頃には、屋台にはお客さんたちが詰めかけ、俺たちは急に忙しくなった。

　二人が屋台に戻ってくるとさらに列は延び、公園の入り口まで長蛇の列ができた。列はなかなか短くならず、作ったそばからカツサンドは飛ぶように売れていった。

　列に並んでくれていた花ちゃんと、その友達らしい男の子が屋台に辿りつく頃には、準備した材料にも終わりが見えかけていた。ミユキさんは花ちゃんの隣に並ぶ男の子に大袈裟にうろたえて、大和くんの背後に隠れた。

「賢兄ちゃん、カッコよかったね！　ドラマみたいだった。和兄ちゃんも、おめでとう」

「俺？」

花ちゃんが指さす先、本部前の人気投票パネルでは、うちの屋台に貼られたシールが、他を追い抜き、ひときわ高い山となってそそり立っていた。

「何回も並んでるひともいるよ」

ありがたいことに、短くはない列なのに、一度食べたあとでまた並んでくれるひともいる。最初は一人で、その後、何人かを引き連れて再訪してくれるひともいる。まわりのひとにすすめる姿や、ＳＮＳに書き込むひともたくさん見かけたという。そのおかげもあってか、販売終了時間を待たずに、準備していた材料はすべて底を突き、カツサンドは売り切れとなった。

店仕舞の準備をしながら、賢介にさきほどの耳打ちはＯＫの返事だったのか尋ねると、照れ笑いを浮かべた賢介は首を横に振った。

「『困ります』とさ」

愛ちゃんは、あの場で賢介が恥をかかないよう、場を収めてくれたらしい。すずのハサミの仕草を、ピースサインと読み違え、一家をあげて祝福されていると勘違いしたのだそうだ。

「でもよ、『嫌い』でも『断る』でもねえからな。俺は諦めねえけど」

空はまだ明るく、傾きかけた太陽に照らされて、刷毛（はけ）を引いたような雲が光って見えた。

あの雲きれい、とすずが呟くと、愛ちゃんが同意した。

「ほんとに。スペアリブみたいですね」

思わず噴き出した俺を、愛ちゃんは不思議そうに見つめていた。

4

夏祭り、三回忌と慌ただしく時が過ぎ、九月が半分ほど過ぎた週末。

お向かいから飛び出してきた静男さんが、ゆっくりと開く自動ドアの隙間に身をくねらせて入ってきた。

「おいおいおい和坊、どういうことだいこれ！」

手には発売されたばかりの『マダム・オリヴィエ』が握られている。

「今日発売なのに、もう手元にあるなんて、早いですね」

「そうじゃなくて、なんでカツサンドがしらす弁当になっちゃってるのさ！」

ミユキさんがコラムで紹介しているのは、うちのカツサンドではなくて、鎌倉(かまくら)のしらす弁当といつかの旅の思い出だ。

「宣伝になるってあんなに喜んでたろうに！　土壇場で手のひら返しやがったのか、あの花柄野郎！」

静男さんはサンダルでぺちぺちと地団駄を踏み、雑誌をもみくちゃにする。

「ミユキさんのせいじゃないですよ」

「なに笑ってやがる。悔しくないのかよ。新しい時代の幕開けだ、三代目時代の到来だって、あんだけ持ち上げといてこの仕打ちかよ」

「でもそれ、うちからお願いしたんです」

あの野郎、と息巻いていた静男さんの目が、点になった。

軋みながら自動ドアが開き、学生風の若い女の子たちが連れ立って店に入ってくる。彼女たちは小声で笑いさざめきながら、中央の棚に並ぶカツサンドを買っていく。続いて訪れた会社員風の若い男も、カツサンドを手にする。

その後ろから大和くんが顔を出し、やはりカツサンドに手を伸ばした。

「さすが売れ行き好調っすね。うちの親方、すげえ残念がってましたけど」

それは母も同じで、『マダム・オリヴィエ』に載らないと知ると、ご近所に合わせる顔がないと店番を押しつけてきた。うれしさのあまり、あたりに吹聴してまわったらしい。

「ミユキさんには、ご迷惑かけてしまって」

大和くんは、いいっす、全然ダイジョブっす、と手を横に振る。

「いいメシ食えたからなんとでもなるって言ってたし。それにこれ以上人気出ちゃうと自分が買えなくなるから、かえってよかったたって」

　まさにそのために、掲載を辞退したのだった。

　夏祭りの屋台で人気を得たカツサンドは、販売終了後にもお客さんが絶えず、買えなかったことをいたく惜しまれた。中には、ＳＮＳを見て祭り会場に来たものの売り切れていたというひともいて、店でも出してほしいとの声が殺到した。

　いざ店に出してみると、次々と売れ、繰り返しカツサンド目当てに訪れてくれるひとも少なくない。

　これから学生時代のゼミの同窓会だという大和くんは、カツサンドとカレーパン二つをレジに持ってきた。カレー好きの友人に差し入れるのだという。

「俺、正社員になれたんすよ」

「それはおめでとう！」

「棚から牡丹餅(ぼたもち)だな！」

　静男さんがぱちぱちと手を叩くのを、それ微妙に違うっすと笑う顔には、溌溂(はつらつ)とした自信が満ちて見える。

「黒船ドッグの一連の仕事を見て、親方が、これならって」

　コテンのパンのおかげ、と言ってくれるのはありがたいが、それは大和くんのがんばりの成果だと、頼もしい背中を送り出した。

あんぱんを買っていった静男さんと入れ替わりに訪れたのは、理央さんとご主人の秀明さんだ。新居も駒込に構えた二人は、よく連れ立って訪れてくれる。

「よかった、まだ残ってる！」

カツサンドに駆け寄ると、秀明さんの持つトレイにふたつ載せた。

「すごい人気ですよね。ＳＮＳでもいまだに広がってますよ。買えないかと思った」

これだけの人気は賢介のあの芝居がかった演説と愛ちゃんへのプロポーズの影響が大きいのかと思ったが、繰り返し訪れてくれるひとの多さは、そうではないと物語っていた。

カツサンドの味を、もしかしたらそこに込めた思いもひっくるめて、たくさんのひとが受け取ってくれているのかもしれない。

「おいしいし。名前もいい」

秀明さんがぽつりと呟く。

――縁結びカツサンド、と名づけた。

たくさんの縁に導かれて、このカツサンドを作ることができた感謝と。

このカツサンドと、食べるひととの、おいしい縁が結ばれることを、祈って。

それが、誰かの笑顔や、その先の縁にもつながっていくのならなおうれしいが、

俺にできることは、ただ粛々とパンを焼くこと。

けど、きっとその祈りは、俺の手を通して、パンに宿るのだと信じている。

理央さんが、食パンを手にとって差し出す。

「今日は厚めにお願いします。そうだ、半分ずつ厚みを変えてもらえたりします？」

「もちろん、大丈夫ですよ」

理央さんのリクエストは、半分は四枚切、残りは八枚切。

スライスしている間に、すずが店を訪れ、理央さんたちと話に花を咲かせている。

「薄い方はトーストで、厚い方は、真ん中に切り込みを入れてポケットサンドのお弁当にするの。すずちゃんちのコロッケとかメンチカツを挟むのがお気に入りなの」

理央さんの隣で秀明さんが、おいしいです、と真剣に頷く。

「そうやって、ご家庭の味ができていくのって、いいですね」

俺の相槌に二人の交わす眼差しがあたたかくて、こちらまで陽だまりに包まれているような気持ちになる。和やかに店を後にする姿に、すずがうっとりとため息をついた。

「いいなあ、ああいうの。うちはどうなることやら」

「賢介、どうしてる？」

カツサンドは人気投票で堂々の一位を獲得した。

賢介は屋台に出店していた全員を誘い、報奨金を握りしめて居酒屋になだれ込み、そのすべてを飲み尽くした。その場にはもちろん愛ちゃんもいて、その日はすずの部屋に泊まったらしいのだが、色恋の話は一切出なかったという。

「賢兄は諦めてないね。和兄が開発してくれた黒船ドッグ、愛さんのパパに売り込んで外堀を埋めるつもりみたい。この間大和さんに移動販売車のデザインラフ作ってくれないかって豚角煮を渡して頼んでた。そんなことより、愛さんの気持ちが肝心なのに」

「あの二人なら、大丈夫じゃないかなあ」

なにせ、雲を見て連想するものが同じなほど、感性が似ているのだから。

すずはこれから通っていた道場に遊びに行くのだと、あんぱんやドーナツをしこたま買い込んでいった。

昼時のお客さんの波に向けて、仕込んでいたパンがいくつも焼き上がってくる。父は何も言わないが、厨房の中にも小さな変化はあって、気づくとサンドイッチ用にスライスされた食パンが準備されていることもある。

棚出ししていると、背後から声をかけられた。

「縁結びカツサンド、というのはこれですね」

振り向くと、播磨商会の姿があった。

身構える俺を手で制し、プライベートで来ています、と断る。

「屋台では買えませんでしたが、評判になっていますね。うちの店の子たちも話してました。ああ、もちろん悪い噂じゃありませんよ。うちのとは違うけど、おいしい、と」

どんな顔をしていたのかわからないが、そんなに驚かないでください、と播磨商会は笑った。

「以前言ったでしょう、僕はあなたのファンだと。嫌いじゃないんです、あなたのパン。仕事抜きなら、ですけど」

カツサンドを手に、播磨商会は、プライベートでまた来ます、と立ち去った。

それは俺の背中を押してくれる、ありがたくゆるやかな風のようだった。

いつだったか播磨商会が言っていた新しい風みたいな活気のある店に、自分の力で届くことができた気がした。じいちゃんたちが築いてきたこの街の歴史の端に、自分の足で立てたような。

午後になると、花ちゃんが男の子と一緒に店を訪れた。お祭りの時の子だ。

「カツサンドは必須でしょ。それから花のおすすめは、クリームパンとドーナツとチョココロネとあんぱんとウインナロールとツナマヨパンと」

「ちょっと待って花さん、そんなに食べられない」

「食べた方がいいよムギ。ぶどう糖は脳の活力源だよ」

二人はこれから図書館で一緒に試験勉強をするのだそうだ。花ちゃんは数学が、ムギくんというお友達は国語が得意だそうで、学校が違うから授業の進度なども違う分、お互いに教えたりもできるのだという。

「そうだ、ママがね、カツサンド二つとっておいてくださいって」

手を振って店を出た花ちゃんの後ろから、内科の看護師さんたちや、酒屋の親父さんなど、ご近所の面々の顔がのぞく。

変わらず訪れてくれるひとたち、新しく出逢うひとたち、たとえほんのひとときでも同じ時を過ごすのも、ご縁であるに違いない。

その風景に、なんだか俺は、ちょっとした感動を覚えていた。

じいちゃんや父から受け継ぐものは、店と味と心意気と思っていたが、もしかしたら、俺が受け継ぐ一番大切なものは、このなにげない風景なのかもしれない。

きっと、出逢いだって別れだって、いつだって突然にやってくる。

運命の分かれ道にだって、看板が立っているわけじゃない。ならば、できることはただ、一日一日を大切に過ごしていくことだけだ。

その誰かの日々の暮らしの中に、うちのパンがある、そんな風景。

客足が途切れた午後、一息入れようと、じいちゃんのコーヒーミルを手にとった。

メーカー名もわからなくなるほど使い込まれてきたコーヒーミルはずっしりと重く、じいちゃんが見つめてきた歴史が一緒に刻まれているようだ。残ったKとNの二文字を手がかりに調べてみたが、現存するメーカーには、近いものも見つからない。

湯を沸かす間に、調理服のポケットから、じいちゃんの手紙を取り出した。いつか俺にはわかるかもしれないと書かれた店の名前の由来も、じいちゃんが一番大切にしてるものも、結局わからずじまいだ。

父と母にコーヒーを渡し、ふと思いついて、英語の辞書を手にとった。

アルファベットの空白にあったはずの文字が気になり、コーヒーを飲みながら、あれこれ言葉を調べてみる。どれほどそうしていたのか、浴びせられた怒声に我に返った。

「ちょっと怠慢三代目！　また客ほったらかして優雅に読書？　ほんっとつぶれるよ！」

クジャクの羽根柄のリゾートドレスに顔の半分はあろうかというサングラス姿で、魔縫さんが、なにやってんのよ、と不機嫌そうにレジ机を叩いてる。

「すみません。Kで始まって、Nで終わる英単語を調べてて」

たとえば、子猫、クレムリン宮殿、キーチェーン、クラクション。

「へえ。キングサーモンとか、コモドドラゴンとか？　次はそういう味のパン作る気？」

「コモドドラゴンて毒ありますよ」

盛大に鼻を鳴らして、なんでそんなことしてんのさ、と魔縫さんは吐き捨てる。

「じいちゃんが大事にしてたコーヒーミル、メーカーの名前がわからないんですが、どんな言葉だったのかと」

レジ机にコーヒーミルを戻すと、魔縫さんはそれを奪いとるようにしてスマホで写真を撮り、操作し始めた。女子高生並みに速い指先の動きがぴたりと止まったかと思うと、その画面をゆっくり、こちらに向けた。

「英語じゃないね、ドイツ語。KNOTENっていうらしい、今はもうない」

そこには一枚の写真が映っていた。

じいちゃんのコーヒーミルと同じ、だけどしっかりと名前の残っているものだった。

「あたしが世話になってた喫茶店で似たのを見たことがあったんだ。この写真はその店の。マスターが、型は若干違うかもしれないけど、たぶん同じところのものだろうって。ドイツの老舗メーカーで十年以上前につぶれたらしい。すべて職人の手仕事で作ってたから生産量も少なくて、もう手に入らないそうだよ」

魔縫さんが画面を拡大すると、アルファベットの文字が大きく表示された。

「ドイツ語で『結び目』って意味らしいよ」

「結び目」

なんだか俺には、じいちゃんが込めた思いのかけらが、そこにあるように思えた。

その思いは、俺が縁結びカツサンドに込めた思いに似ている気がした。

「こうやって見てみるとコテンと似てるけど、綴りが違うね」

俺は、魔縫さんのスマホの画面に指を重ねる。二文字目のNが消えると、そこにはコテンの名前が浮かび上がる。

「じいちゃんの嫌いな言葉は『ノー』でしたからね」

人生においては、いいご縁ばかりが結ばれるわけじゃない。でもそれすらもノーと言わずに受け容れていくからこそ、ひとは成長を重ねていけるのだろう。結ばれる縁も、結ばれない縁もある。ひとはやりきれない思いも、縁という言葉に託して、折合いをつけていく。

俺たち一人一人の誰にでも同じように時は流れていて、日々の中には痛みもきらめきもたっぷり含まれている。そのなんでもないような日常の中に、思いもよらない縁が潜み、いつの間にか結び合わされて、日々をゆたかに彩っていく。

その誰かのかけがえのない、なんでもない日々の片隅にある、小さな縁の結び目みたいな場所。

じいちゃんが思い描いたのは、そんな場所だったのではないだろうか。

「けど、たったひとつの正解じゃなくていいのかもしれません。古典も個店も個展も、みなさんが自由に思い描いてくれる、それがなんだかうちらしい気もします」

「こてんぱんって可能性もあるね」

魔縫さんは高らかに笑った。今日はミユキさんが泊まりに来るらしい。喧嘩ばかりだと言う声は少し弾んでいて、カツサンドとドーナツとチョココロネを抱えて店を去る足取りは、楽しげに見えた。

俺は、レジの横に掲げた、新聞の切り抜きを見つめる。
その下にコーヒーミルを据え、コーヒーとカツサンドを供える。
写真の中でじいちゃんが、いつものように、にかっと笑っている。
見渡すと、誰もいない店の中に、陽が差し込んで、きらきらと光っていた。
パンを照らすその光の中に、じいちゃんの笑い声が聞こえるような気がした。

もうひとつの縁結びカツサンド

本短編は、ポプラ社第1回おいしい文学賞の最終選考作品です。

この短編自体は惜しくも受賞とはなりませんでしたが、編集部から絶賛の声が寄せられ、冬森灯さんが新しく書き上げた作品が本書『縁結びカツサンド』になります。

応募作は本書とまったく別の作品ですが、世界がつながっていて、本書の後日談として読むことができます。

また、応募作から本書が生まれたことを考えると、プロローグでありエピローグである……と言える不思議な作品です。

この幻の応募作「縁結びカツサンド」を、文庫の特典として収録いたしました。

ぜひお楽しみください。

実香子ちゃん

　こちらはまだまだ、夏の名残の日差しに、日焼け止めが気になる頃です。暦の上は秋でも、そんなの名前ばかりと思っていましたが、昨日着いたお手紙では、そちらはもう朝晩は秋の気配とのこと。そうだったかなあと、高校時代に思いを馳せましたが思い出せませんでした。卒業してから干支が一回りしているんですから、仕方のないことかもしれませんね。

　ここ駒込に引っ越してからも、すでに三年。早いものですが、家のそばをお散歩すると、まだまだ新しい発見があるのです。たとえば、商店街のパン屋さんのカツサンド。

「縁結びカツサンド」なんて名前がついていたら、買わないわけにいかないじゃないですか？　ベーカリー・コテンというその店は、今風のこじゃれたデニッシュなんてひとつもなくて、グローブみたいなクリームパンとか、ケシの実がついたあんぱんなどが並ぶ、昔ながらのパン屋さんなのです。ぎっしりあんこの詰まったあんぱんは私の活力のもとで、時々買っていたのですが、土曜日もあんぱん目当てにのぞいたら、その「縁結びカツサンド」を見つけたというわけなのです。

　ちょうど会社の友人・咲ちゃんがボランティアをしている、東京都現代美術館へ出かけるお弁当がわりに求めたのです。美術館隣の公園は、猛暑ながら木陰に涼しい風が吹き抜けていました。レモネードと一緒に食べたカツサンドのおいしかったこと！

有名なチェーン店でおいしいパン屋さんはいくつもあるけれど、このカツサンドに敵うものは都内には存在しないでしょう。あれであの値段は安すぎます。地元密着型パン屋の底力を垣間見た気がしました。

ソースの滲み方といい、キャベツの甘みといい、すっきり嚙み切れるカツのやわらかさ、パンとしっくり馴染むよう薄く塗られたカラシ入りバターはなつかしく、完璧と言うよりほかありません。きっと熟練した職人が、心をたっぷり込めて、作っているのでしょう。

ところが、このカツサンド、とんだ曲者(くせもの)だったのです。

夢中で食べていて、二切れ目で気づきました。なんと、ニンニクが入っていたのです！　おいしいけれども、縁結びはおろか、これではデートもできないではありませんか。

おかげで、咲ちゃんがガイドしてくれている間もずっと、私は片手を口元に当てながら、もごもごと話す羽目になりました。縁結びどころか、縁切りになってしまうんじゃないかと勝手ながら心配した次第です。クレームにならないのかしら。

その日の美術展の目玉は、跳び箱にひょろながい足がついたものが、七つほど飾っである作品でした。よりによって、「香り」がテーマの。中に入ってひとつひとつのにおいを嗅ぐもので、全部違うにおいなの。お線香のようなものもあったし、甘いお菓子のようなもの、それに樹のにおいに似たものなど、いろいろです。カレーのようなのも。

咲ちゃんによれば、タイの作家が作ったものだそうです。そう言われてみると、異国っぽいにおいでした。たしかに面白い作品だけど、タイミングがこの時でなければ、もっと楽しめたに違いありません。みんながくんくん鼻を利かせているので、私は肩をすぼめて早々に退散しました。

初めて観たけれど、現代美術というのも、結構面白かったです。そんな風にいろんなにおいがする、っていうのも、社会というか個性というか、世の中のかたちだと思いました（ニンニクは別として）。

咲ちゃんにそう話したら、くすぐったそうに笑っていました。

経理部のカミソリと称されるキレ者とはまるで別人のようです。

好きなことがあって、それに向かって走っているひとって、それだけで格好よく見えるものですね。からだの内側から、力がみなぎっている感じがして、そのせいか活き活きして、咲ちゃんはとってもきれいでした。ちょっと、羨ましく思ったのでした。

楓子（ふうこ）より

実香子ちゃん

秋はどんどん深まっていきますね。実香子ちゃんは、今年は、芸術の秋、スポーツの秋、読書の秋、どんなご予定ですか？　私は、食欲の秋……というより、四季折々食欲に満ちた生活ばかりを送っているような気がします。

そちらではもう新秋刀魚（しんさんま）が出ているなんて軽くめまいを起こしましたよ。たっぷりの大根おろしに、ぎゅっとスダチを搾って、というくだりは、胃袋泣かせでした。実香子ちゃんのお手紙だけでごはんを食べられそうです。そんな落語、授業で聞きましたね、たしかウナギの香りの話。

そうそう、すすめてくれたベルギーのビール、輸入食品店で見つけました。果実味と苦みのバランスが本当によいですね。例のカツサンドにも、ぴったりでした。ただ、あの裸体の男女のラベルと「禁断の果実」っていう名前、あれはレジに持っていくときにちょっと恥ずかしいですね。

そのビールのこと、同じ企画部の都（みやこ）さんも知っていました。連日終電なのに、いつも完璧なネイルと巻髪、ものすごく女子力が高い才女です。コンペの勝率、社内で一番高いのではないかしら。ご本人は合コンの勝率が低いと嘆いていますが、あのバイタリティはすごい。

実香子ちゃん、東京では、エネルギーの塊みたいなひとにたくさん出会います。負けじと追いかけているけど、どんどん距離が離されているようにも思えます。東京と地方、なにかのスタートラインが違っているのでしょうか。インターネットで世界中とつながるデジタルネイティブ世代と言われているのに、文化的な距離は埋まらないものなのでしょうか。ごめんなさい、ちょっと愚痴ですね。正直に言うと、仕事では負け戦続きなのです。今度こそ、今度こそと走り続けていますが、少し疲れてきました。

日常はこの間咲ちゃんにもらったポストカードの、ポロックという画家の絵みたいです。混沌と、雑然としていて。「エネルギーに満ちている」と咲ちゃんは興奮気味に話していたけれど、私はあまり好きじゃありませんでした。明確な形を伴わないものって、怖い。

絵を見て、思い浮かんだことを、言葉にしてみるといいよって咲ちゃんに教わったのですが、思い浮かんだのは、漠然とした不安や焦りでした。どこに向かっていいのかも、道しるべさえもわからない。今の私の生活に氾濫しているものみたいです。

私、道しるべが、ほしいのかも。そんなことに気づきました。

視点を変えてみるって、大切なことですね。実香子ちゃんも、絵を見る時があったら、試してみてください。新しいなにかに気づくかも。

道しるべといっても、私は、どこへ向かいたいのか、まだよくわかりません。考えてみたけど、思い浮かんだのはカツサンド。さっき食事したばかりなのに。食欲の秋のせいにしましょう。

楓子より

実香子ちゃん

聞いてください。

この間のお手紙に書いた「道しるべ」、というか、当面の私の使命、見つけたかもしれません。

今日の昼、ベーカリー・コテンのカツサンドを求めに行った時のことです。ネーミングは納得いかないけど、なにせおいしいので、お休みの日の楽しみなの。妙に混んでいると思ったら、いつもの小柄なおばさんじゃなく、爽やかな細面の青年がレジに立っていたのです。

あの六畳ほどの小さな店内が行列しているなんて初めて見た光景でした。あの店の中央にでんと居座った陳列棚がこれほど邪魔に思えた日はありません。あの店は、レジに五人も並んだらはみ出してしまうのに、ぎゅうぎゅう詰めで。

行列の大半は、商店街の奥様方でした。いつもコロッケを揚げている肉屋のおばさんもいたし、内科の受付の奥さん、豆腐屋のおばあちゃんも。

みんななんだかうれしそうに、目尻を下げてパンをいっぱい買い込んでいました。察するに、あれはパンを求めに来たのではなく、店員とのおしゃべりが目的で、ついでにパンを買っていたのではないかしら。トレイの上は、菓子パンと惣菜パンばかりで、食事用というよりもおやつのような感じだったのです。

カツサンド目当ての私も惣菜パンを買ったわけだけど、家族持ちと一人暮らしでは、惣菜パンに求めるものが、違うように思います。

いくつになったのかと尋ねる、豆腐屋のおばあちゃんの声が耳に入りました。三十だそうです。つまり、私の一つ下ということになります。ひょっとしたら同じ学年かもね？　おばあちゃん、玉三郎（たまさぶろう）みたいだねえなんて頬を染めていました。

お釣りと品物を手渡しながら、はにかんだような笑顔を見せて頭を下げる姿、ちょっといいなと、思ったのです。うかつにも。

カツサンドとあんぱんをトレイにのせた私に、なぜ彼が話しかけようと思ったのかはわかりません。

「このカツサンド、どうですか」と聞くんです。

だから私は、これは本当に「完璧なカツサンド」ですと、そう言ったのです。

カツがやわらかいし、キャベツのしんなり具合も絶妙、味のバランスも素晴らしい。

ただ――、縁結びという名前は、いただけない、と。

ニンニクが入っていたら、誰かと、まして好きなひとと一緒になんて食べられないと。

そうしたら彼、ちょっと笑って「それでも一緒に食べられるかどうか、って、大きなポイントだと思いますけど」と。ちらっと視線を投げかけてくるので、頭にカーッと血がのぼりました。

一言二言、文句を言ってやろうかと思ったのですが、不覚にも指先に見とれてしまいました。

生まれたての赤ちゃんに触るみたいに、やさしくカツサンドを持ち上げて、紙袋に入れた指先。細くて長い、大きな手なのに、動作が丁寧だからかしなやかに見えて。あの手にあんなふうに扱われると、いつものカツサンドが、ずっと上等なものに思えました。

ちょっと嫌みな感じだけど、いとおしそうにカツサンドを扱う指先に嘘はないと思いました。

あの手は、間違いなく、職人のものです。おそらく彼があの類稀なるカツサンドを作っているのでしょう。

でも、私は主張を曲げません。今度会ったら反論できる材料をきっと見つけてやろうと思います。企画部員の意地、見せてやります。

楓子より

実香子ちゃん

こちらも肌寒い風が朝晩吹いてくるようになりました。

そちらでは初冠雪の報道がありましたね。下校の道々、一緒に眺めたお山の風景、思い出します。

この間、同僚の都さん、咲ちゃんに連れられて、合コンに行ってきました。面白かったのは、合コン相手というよりも、都さん。

仕事では八面六臂（はちめんろっぴ）の大活躍なのに、合コンになると、コップをひっくり返したり、取り分けたお皿を料理にダイブさせてしまったり。いつもとのギャップが激しすぎて、私たちにはかわいかったのだけど、男の子たちからは不評だったみたい。頭にスパークリングワインのシャワーを降り注いでしまったせいだと思います。それに咲ちゃんは、どんな話題もお得意の毒舌でズバッと切り返すので、男の子たち、たじろいでいました。

そして、私。どうも、お酒をまた飲み過ぎたみたいです。飲んでも飲んでも、ちっとも酔わないんだねって、誉め言葉だと受けとっていたのですが、違ったみたい。

もちろん個人差はあるのでしょうが、彼らは女性に対してあまりにもステレオタイプな幻想を、抱いていたのかもしれません。当然盛り上がるわけもなくて、女三人での二次会が一番楽しかったです。

聞けば都さん、今のフェミニンスタイルの教科書のような姿からは想像もつきませんが、ずっと女子校育ちで、髪も短く男の子みたいだったそうです。宝塚のトップスターみたいな感じでしょうか。就職してはじめて男のひとと関わるようになったから、緊張が抜けないいんですって。仕事上はあまり意識しないそうですが、一旦仕事から意識が離れるともうダメだそう。

別に女らしくしようとしなくたって、そのままの都さんでいいって言ってくれるひとがきっといるよ、と話したら、咲ちゃんが横から一言「ヒモとか」って。ひどいでしょ。怒りながらも大爆笑でした。

そういう咲ちゃんこそ、自称ダメ男ハンターで、クリエイティブなひとに惹かれてしまうのだけど、生活力が伴わなくて、咲ちゃんが全部面倒を見てあげるパターンが続いているのだそうです。今の彼は自称舞台俳優、実質フリーター。食費を半分出してくれるだけ、歴代の彼の中ではマシだけど、正直、結婚相手ではないんだって。咲ちゃんは合コンで結婚相手を見つけたいそうです。

恋人がいるのに、結婚相手探しなんて、びっくり。恋愛と結婚は違うって、ドライですね。咲ちゃんらしいといえばそうなのだけど。

実香子ちゃん、私たちも女子高だったけど、隣の男子高生と遊んでいたから、免疫がついていたのかもしれないね。思えば私の身の回り、うちの両親もそうだけど、うちの高校と隣の男子高の出身って夫婦はよく聞くと思いませんか。実香子ちゃんの今の彼もたしかそうだよね。こういうのもご縁、なのかな？

ご縁といえば、あのカツサンド男、略してカツ男、店にいないことも多くて、まだ文句を言えていません。

楓子より

実香子ちゃん

お手紙、びっくりの一言しかありません。別れちゃったなんて！

なにがあったかなんて野暮は私からは聞かないことにします。でも、話したいときはいつでも聞くからね。そうだ、思い切って、うちに遊びに来てみたらどう？

良い気分転換になるかもしれません。

観たいって言ってた宝塚、観に行こうよ。私もまだ行ったことないけど、有名なショコラティエも案内するよ。うちに泊まって、一緒にカツサンド、食べようよ。カツサンドといえば、まだ、決戦の時は来ていないのですが、対抗しようと思っていろいろと調べました。

カツサンドはそもそも、トンカツ屋さんのおかみさんが思いついて、生まれたのだそうです。花柳界から火がついたみたい。芸者さんたちの口紅がとれないようにって、特注の小さなパンで作られていたそうです。そんな心遣いも素敵よね。出来たのは昭和十年。なんと、戦前なの！　そんなにも長いこと愛されてきたメニューなのですね。女性に受けると商品がヒットするという法則は、昔から変わらないのかと驚きました。

そもそも、なぜ縁結びなのかと考えてみたんだけど、ニンニクと豚肉って、素材としての相性がとてもいいのね。豚肉にたくさん含まれているビタミンB群の働きを、ニンニクに含まれているアリシンという成分が助けてくれるから、相性がいい食材と言われているんだそうです。

でもね、その効果は、疲労回復とか新陳代謝促進なの！　同じく相性の良い食材としても、アンチエイジング効果の狙えるカボチャやサツマイモとの組み合わせの方が、ずっと縁結びらしいと思いませんか？

さて、実香子ちゃん、考えてもみてください。

芸者さんが、ニンニクのにおいをぷんぷんさせてお座敷に出られないのと同じように、私たち女性にとっては、憧れのひとと一緒に食事するシーンなんて、かなりの晴れ舞台じゃないですか？　少しでも自分をよく見てほしいと思うし。優美で素敵なひとだって、思ってほしいし。

だからね、このカツサンドをたくさんのひとに愛してもらうには、ニンニクをやめるか、縁結びっていう名前は変えた方がいいって、言おうと思っています。

はやく言ってやりたいのに、カツ男、なかなかお店に立っていないの。

通るたびに、お店の中を気にしてしまうのが、最近のクセです。

ただ、名前はいただけないけど、本当においしいカツサンドなの。だから本音は、ニンニク抜きよりは名前が変わってくれたらいいな。たとえば、疲労回復や新陳代謝促進なのだから「パワーチャージカツサンド」とか「リフレッシュカツサンド」とかね。

実香子ちゃんにも食べてほしいな。

きっとこのカツサンド、食べたら元気も出ます。

実香子ちゃんと私の仲だもの、お互いニンニクのにおいがしても気にならないでしょう？

だから一度、遊びにおいでよ、気が向いたら。きっと気分も変わるから。

楓子より

実香子ちゃん

少し落ち着かれたとのこと、よかったです。

破って火にくべたという罵詈雑言の秘密のメモ、実香子ちゃんらしくて笑いました。それでスッキリできたなら、よかった。一人カラオケでのシャウトはさぞ気持ちよかったでしょうね。

実香子ちゃんの魅力をわからないやつのことなんてスパッと忘れて、じゃんじゃん新しい出会いに向かっていってください。

でも、お酒はほどほどに。

北国育ちの「普通」は、あまり一般的ではないみたいです。半分にセーブしても、どうなのか怪しいものです。だけど、飲み放題なのに二、三杯だけだなんて、元がとれない、と思うのは私だけなのでしょうか？

都さん、咲ちゃんと、合コン必勝法研究会を、ランチタイムにたびたび開催しています。都さんの緊張をとる方法を考えたり、咲ちゃんの好み、かつ生活力あるひとを探す方法を考えたり。何杯までなら飲んでも許容範囲なのかなど、議題は尽きません。たった一時間では短すぎます。

私と都さんは、昼時に社内にいないことも多いので、開催はせいぜい週に一度くらいです。だからか、なかなか研究は進みません。

そうそう、ここでも、例の縁結びカツサンドのこと、熱く語ってみました。

テイクアウトものにニンニクはアウトと共感してくれる都さん。咲ちゃんは、おいしければいいんじゃない？　と容認の構えです。二人とも、カツサンドを食べてみたい、というのが結論。さすがにランチにはできないので、休みの日にでも、遊びに来てもらうことにしました。

咲ちゃんがふと、実香子ちゃんが手紙に書いてきたのと同じことを呟いていました。

誤解のないように言っておきたいのだけど、私、決して、あのカツ男が気になっているというわけではないの。咲ちゃんは、好きな子をいじめるあれか、と言いますが、断じて違います。第一、いじめるつもりも、困らせるつもりも、ありませんから。

なんというのでしょう、強いて言えば、これは義憤。

縁結びという言葉に対する、憤り。

縁結びという言葉は、軽々しくキャッチーに使われるべきではなく、もっと神聖で、尊重されるべきなのです。それをあのカツ男に思い知らせてやろうと思います。

楓子より

実香子ちゃん

昨日、実香子ママが電話してきましたよ。

実香子ちゃん、喧嘩したそうですね？　気を悪くしたらごめん、実香子ママの心配もちょっとわかります。うちの親も同じようなこと思っているのだろうなあと思いました。きっと、実香子ママは、それだけ実香子ちゃんの花嫁姿を楽しみにしていたのではないでしょうか。実香子ちゃんも実香子ママも似た者同士だから、ぶつかるよね。私が言うことじゃないかもしれないけど、最終的には、実香子ちゃん自身がどうしたいか、を尊重してほしいなと思いました。

私も親の反対を振り切って転職上京したけど、後になってから「あの時こうしておいてよかった」って思いたいじゃないですか。そのために、がんばっている気がします。

自分の悩み抜いたあげくの判断に、後悔は、したくないですよね。

なんて、偉そうなことを言っているけど、実際はやっとひとつコンペに勝てたくらい。まだまだです。でもね、いつもみたいに都さんのサポートで終わるのではなくて、ちゃんと自分の仕事があるって、うれしい。

小さくても、認めてくれるひとがいるって、自分の居場所があるようで、とってもうれしいです。これを足掛かりにして、次も目指します。

だから、実香子ちゃん。実香子ママがどんなに元カレの肩を持とうが、結託しようが、くじけちゃ駄目だよ。実香子ちゃんの心に従った判断は、きっと正しいから。

さて、ついに、カツ男に会いました！

ここぞとばかりに、先日の講釈を披露しようとしたところを、止められました。長くなりそうだから、店が終わってからにと。

来週、約束をしました。出端をくじかれましたが、きっと、あの鼻っ柱をへし折ってやろうと息巻いています。

よいご報告ができること、祈っていてくださいね！

楓子より

実香子ちゃん

教わったようにチリペッパー入りのホットショコラで気合を入れて、この間の夜、とうとうカツ男と、会ってきました。

お店の前で待ち合わせだったので、てっきり、お店で話すものだとばかり思いましたが、カツ男の提案で、私たちは商店街の小さなバーに入ったのです。

お店はカウンターだけ数席。カウンターの端に置かれたレコードプレーヤーから古いジャズが流れる、雰囲気あるお店でした。こんな素敵なお店がこんな近所にあったなんて、知りませんでした。

カツ男は、ウイスキーのソーダ割を頼みました。私はまずはマティーニ。マティーニの味でバーテンダーの力量がはかれると言いますが、このお店はかなりの腕前だと思います。一緒に出されたスモーク・アーモンドには、ちょっと感激しました。自家製なんですって。いくらでも飲めそうなほど、お酒にもよく合うの。おいしいものをつくるひとは、おいしいものをよく知っているなあって、カツ男のこと、ちょっと見直しました。

カツ男、乾杯したらおもむろに自己紹介をはじめました。嫌みなひとどころか、意外と紳士的でした。名前は音羽和久。ベーカリー・コテンの三代目。得意料理は刺身、というので吹き出してしまいました。パンじゃないのかって。

彼は「カツ子さんは――」と話し始めて、はっと口を押さえました。あちらも私のことを、カツになぞらえて呼んでいたのですね。私たち、案外似ているのかもしれません。

慌てて名前と職業をきっちり伝えたら、何度も頷きながら、だからあんなに「縁結び」にこだわったのかと、妙に納得をするのです。きっと職業柄、言葉への関心が高いという意味だと思って、気をよくした私は例の話のプレゼンをはじめました。カツサンドの歴史には身を乗り出して関心を寄せていたようでした。少し雰囲気がおかしいと気づいたのは、カボチャとサツマイモの提案のときです。

「若々しさというのは、ホルモンの問題なので、恋でもすれば放っておいてもきれいになるでしょう。そんなに心配しなくても大丈夫では」と言うのです。

心配？　と首を傾げた私を、彼は慰めはじめたのです。

「多忙で出会いも限られた中、『縁結び』という言葉にかくも嫌悪感（！）を示す気持ちもわからなくはないですが、あなたはお若いんですから、まだまだここからです、きっと大丈夫ですよ」と！

あろうことか、私を、個人的な問題のために難癖をつけるクレーマーと思っているようなのでした。心外です。第一、同じくらいの年なのに、年下扱いも失礼じゃありませんか？

私、おかわりに出されたばかりのドライ・マンハッタンを一気にあおって、あくまで一人の消費者として意見しているだけだと食い下がりました。

彼は微笑みをたたえて、うんうんと頷くものの、あのきれいな指先は、グラスをゆっくりと回転させることに夢中でした。馬鹿にされているようで、悔しくて。

そのままむっつりと黙り込んで、三杯目のギムレットを楽しみました。雰囲気こそよくありませんでしたが、お酒は何を飲んでもおいしくて、ついつい頬がゆるんでしまいます。合コン研究会で限度と認定された三杯目です。でも、これで終わるのが、ちょっと惜しいなって、思い始めたところでした。

ぽつりと彼が呟いたのです。

「無理に合わせるようなやり方は、嫌なんですよね」と。

横を向くと、目が合いました。睫毛が触れるんじゃないかってほどの近さに、心臓が飛び跳ねました。カツ男は真顔で私の目をじっと覗き込み、尋ねました。

「サツマイモとトンカツ。カボチャとトンカツ。パンに一緒に挟んで食べたいですか？」

うるさい心臓をなだめながら、必死に考えました。確かにそのままじゃ合わないかもしれないけど、バルサミコ酢で和えてみたり、バターで焼いてみたら、カツサンドに挟んでも違和感がなさそうです。でも、彼は頬杖をついて考え込んだのちに、きっぱり言ったのです。

「俺、それ、食べたいって思えないですね。どんなにいい組み合わせでも、俺がおいしいと思って、俺が食べたいものを、食べてほしいです。それに、材料が増えればその分値段も上がりますし。うちはじいちゃんの代から、なるべく価格を変えないように努力してます。なるべく安く、おいしく。それが、俺の矜持でもあるんですよ」って。

今風の、おしゃれなパン屋さんがたくさんある中には、そんなカツサンドもあるかもしれない、でも、それはここじゃなくてもいい、と言い切るのです。

このひとには、道しるべがしっかりあるんだなと感じました。

「わざわざあのカツサンドに『縁結び』カツサンドと名づけたのは、おいしいものを笑顔で食べてほしいからです。ニンニク入りだろうが、一緒に食べても気にしない相手こそが、大切なひとなんじゃないでしょうか」とも。

ぐうの音も出ませんでした。私、実香子ちゃんとなら、お互いニンニクのにおいがしても気にならないねって書きました。その通りだったの。彼の狙いはそこだったみたい。

悔しいけど、完敗です。

いたたまれなくなって、四杯目に、一ノ蔵を注文しました。

禁断の、四杯目です。

貴重な出会いかもしれないとみんなに言われるものだから、私、この出会いにほのかな期待を寄せていたのかもしれません。

でも、それも、おしまいです。好きなお酒を好きなように飲もうと思って。それで、潔く自分で幕を引こうと思って。

案の定「ずいぶん飲みますね？　しかも、日本酒？」って、驚かれました。もうどうにでもなれって、思いました。あのポロックの絵が思い浮かびました。

けど、その先には、私が想像した未来とは別の未来が広がっていたのです。

なんだか知らないけど気に入られて、背中をばんばん叩かれて、好きなだけ飲めって、すすめられました。信じられないことでした。

私がお酒をたくさん飲んでも、嫌がらないんですかって、聞いたんです。

そうしたら「気づいてた」って。私としては、カクテルさえ飲んでいればかわいらしく見られるものだと思っていたのだけど、頼んだカクテルで、とっくに、酒飲みだってばれていたんだそうです。お酒のせいで縁遠いのだと思っていた、お酒で仲良くなることがあるなんてと驚いたら、笑われました。

「もっとも、俺も、あのカツサンドを作るのに夢中になりすぎて、そういうご縁とは程遠いんですけど」と苦笑い。

「俺にもいつかご縁が来るように、意地でも、名前は変えませんよ」

そう言って彼の顔がぱあっとほころんで――終始彼は微笑んでいたけれど、それが蕾だとしたら、満開の花のように――私は口を閉じるのも忘れてしばらく、見つめてしまいました。

今もあの、笑顔がほころんでいく様子が頭の中で繰り返されています。自分でもおかしいと思うのだけど、意識していなくても、何度も。

どうしよう、実香子ちゃん。

私、勢い余って、カツサンド発祥の地に行ってみる提案を、してしまいました。

励まそうとしたのか、自分の興味のためなのか、あるいはもっと別のなにかか、
自分でもよくわかりませんが、来月の休みの日にまた、会う約束をしました。

それってつまり、クリスマスイヴでした。

いまさらですが、ＯＫの意味を、考え過ぎでしょうか。

楓子より

実香子ちゃん

もう年の瀬だなんて、信じられませんね。

この手紙が着くのが早いか、私が実家に着く方が早いかわからないけど、今年もたくさん、お世話になりました。

実香子ちゃんとの、このお手紙が、この一年私をとっても支えてくれました、本当にありがとう。

そして、おめでとう。新しい挑戦、心から応援しています。

振り返ってみると、お互い、変化の多い一年だったね。

もうすぐ会えますね！　いつものことだけど、とくに来年は、いくら時間があっても話し足らなくなりそうです。

例年どおり、初売りの日朝七時に、駅のステンドグラス前で待ち合わせましょう。

お正月だからと飲み過ぎてうっかり寝坊しないよう、お互いがんばろうね。

朝ごはんがわりに、カツ男のカツサンド持っていきます。私の提案したカボチャスープと合わせた「婚カツセット」にして。試食はどれもおいしくて、うれしくも悩ましい時間でした。年明けから売り出したいそうです。忌憚なきご意見を聞かせてね。

まだまだ話したいことがいっぱい。

でもそれは、会えた時のお楽しみに、とっておくね。

お互いに、よいお年を、お迎えしましょう。

楓子より

この作品は二〇二〇年七月にポプラ社より刊行されました。
「もうひとつの縁結びカツサンド」は電子書籍で配信されたものを加筆修正しました。

縁結びカツサンド

冬森灯

2022年8月5日　第1刷発行
2023年6月14日　第4刷

発行者　千葉 均
発行所　株式会社ポプラ社
〒102-8519　東京都千代田区麹町4-2-6
ホームページ　www.poplar.co.jp
フォーマットデザイン　bookwall
組版・校正　株式会社鷗来堂
印刷・製本　中央精版印刷株式会社

N.D.C.913/319p/15cm　ISBN978-4-591-17471-5

落丁・乱丁本はお取り替えいたします。

電話(0120-666-553)または、ホームページ(www.poplar.co.jp)のお問い合わせ一覧よりご連絡ください。
※受付時間は月～金曜日、10時～17時です(祝日・休日は除く)。

P8101453